中公文庫

京都感情案内（上）

新装版

西村京太郎

中央公論新社

目次

京都感情案内（上）

第一章　春三月

無地の着物が、細身の身体《からだ》に、よく似合っている。一見、上品な若奥様風だが、どこか妙に、色っぽい。

二十六歳になる。名前は、高橋とき子だが、この名前は、税金のときぐらいにしか、使わない。

いつも、使っている名前は、小万《こまん》。祇園甲部《ぎおんこうぶ》の芸妓《げいぎ》である。舞妓《まいこ》から芸妓になるとき、身受け話が、あったのだが、いろいろとあって、現在、自前で、マンション暮らしである。

その小万が、七階で、エレベーターを降りると、まっすぐ、社長室へ、入っていった。

女秘書が「あのー」と、声をかけたが、

「ええの。ええの。わかってます」

と、受け流して、社長の安井の前に行くと、書類に目を通しているところへ、

「いつもの、お願いどす」

　と、声をかけて、机の上に、封筒を置いた。

　安井は、びっくりした顔で、

「なんだ、小万ちゃんか」

「へえ。小万どす」

「何だい？」

　と、安井は、目の前の封筒に、手を伸ばした。

〈安井御旦那様（都をどりの切符）　小万〉

　と、表に書かれている。

　安井は、小万を見て、

「もう、都をどりの、季節になったか」

「へえ。春らんまんどすなあ」

　と、小万は、ニッコリした。

「切符、何枚、入っているの？」

「五十枚入ってます。本当は、百枚、買《こ》うて欲しいのどすけど、安井不動産も、大変らしいと聞いて、遠慮したんどす」

「そりゃあ、気を遣ってくれて、ありがとう」

と、安井は、苦笑してから、

「今年の演《だ》し物は、何なの？」

「源氏物語どす」

「源氏物語ねえ。小万ちゃんは、何をやるの？　光源氏か？」

「光源氏は、豆千代姐《ねえ》さんに、決まってます」

「豆千代って、もう六十過ぎじゃないのか。そんな婆《ばあ》さんが、光源氏を、やるのかね」

「そんなこというたら、あきまへん。豆千代姐さんは、おきれいやし、舞いも、お上手やし」

「それに、いい旦那《だんな》が、ついているか」

「へえ」

「決まった旦那のいない、小万ちゃんは？」

「六人で京舞を舞わせて貰《もら》います」

「本当は、何をやりたいんだ？」

「そうどすなあ。六条御息所《ろくじょうのみやすどころ》なんか、やりたいと、思うてますけど」

「六条御息所って、嫉妬《しっと》に狂って怨霊《おんりょう》になる女じゃ、なかったかい？」

「そうどす」

「そういえば、小万ちゃんには、ちょっと、怖いところが、あるねえ」

「へえ。うちは、怖い女どすえ」

「うち、あと五十枚、切符を、売らなあきまへん。それで、祇園の、天勝のママさんに、あと五十枚ほど、買《こ》うてもらおうと思うてます」

と、小万が、いった。

「天勝のママさんは、黙っているけれども、息子さんに、任せていた京都駅の中の支店が、赤字を、出していて、潰《つぶ》れそうなんだ。だから、とても、五十枚もの切符は買ってくれないと、思うけどね」

と、安井が、いった。

「そうどすか。あてにしてたのに、困ったわ」

と、小万が、肩を落とした。

「どこも、不景気だからね。新しい旦那さんを、探したらいいんじゃないのか」

と、安井が、励ますように、いった。

「そうどすな」

と、いってから、小万は、立ち上がると、

「今日は、おおきに。おどりには、きっと、来とくれやす」

と、いって、社長室を出た。

エレベーターに、乗りながら、考えてしまった。

天勝のママさんは、昔からの、贔屓《ひいき》である。毎年、都をどりには、五十枚から百枚の、切符を、買ってもらっていた

〈これからどうしようか？〉

と、考えながら、小万は、エレベーターを、一階で降りた。

一階は、安井不動産の、営業所になっていて、京都市内や周辺の不動産の、案内や、客との応対が、行われている。その中を通って、出口まで歩いていこうとして、ふと、小万の足が、止まった。

カウンターのところで、若い男が、営業所の人間と、話をしているのだが、何か、客のほうが、怒っているように見えた。

言葉遣いから見て、京都の人間では、ないらしい。

小万が、聞くとはなしに、聞いていると、男は、カウンターの上に、ボストンバッグを、ドンと置いて、

「僕を、信用できなくて、部屋を斡旋《あっせん》できないというのなら、このボストンバッグの中を、見てくれ」

と、男は、いっている。

営業所の、職員のほうは、困惑した顔で、

「お客さんは、今日初めて、京都に、いらっしゃったんでしょう？　京都に、あなたの保証人に、なってくれる人がいれば、すぐ、適当な、部屋をご案内しますよ。でも、それがいなくては、どうにも、なりませんから」

と、いっている。

「だから、このボストンバッグの中を、見てくれといってるんだよ」

と、若い男は、少し大きな声を、出した。

しかし、よく見ると、別に怒っている気配はなくて、表情は、穏やかである。どうも、営業所の職員の対応が、よくわからないらしい。

「そのボストンバッグの中に、何が入っているんですか？」

と、担当が、聞いている。

男は、ボストンバッグの中から、札束を、取り出して、カウンターの上に、置いた。

「ここに、一千万円の現金がある。これだけあれば、僕を、信用できるんじゃないの？　とにかく、僕は、京都に住んでみたいんだ。だから、適当な、部屋を、斡旋してもらいたい。それだけなんだ」

と、男は、いった。

その札束を見て、担当は、ビックリした顔になったが、そこは、いかにも京都人らしく、

「いくら、お金を積まれましても、京都は、何よりも、信用が第一でございますから、どなたか、京都に、保証人になってくださる人が、いないと困るんですよ」

と、いった。

「僕はね、何も、マンションを、買おうといっているわけじゃ、ないんだ。そうだな、家賃が月二十万円ぐらいの部屋を、借りたいだけなんだよ。ここに一千万円ある。部屋代が、二十万円として、五十カ月分あるんだ。それでも、僕を、信用できないの？」

と、男が、いった。

担当のほうは、小さく、肩をすくめてから、

「こんなことを申しあげるのは、何ですが、そのお金の出所が、わかりません。決して、疑うわけじゃございませんが、ひょっとして、お客さまが東京のサラリーマンで、会社のお金を、持ってきてしまったのかも、知れない。そういうことだって、ないとは、いえないんじゃございませんか？　いろいろと考えると、やはり、信用のできるお方が、京都にいらっしゃいませんと」

と、いっている。言葉は丁寧《ていねい》だが、がんこである。

「京都というのは、融通が、きかないんだな。僕は、この金を、盗んできたわけじゃない。オヤジに、貰ったんだよ。この金を使って、京都で、遊んで来いっていわれてね。だから、今日、京都にやって来た。京都の駅に、着いたら、この不動産会社が、見えたので、部屋

を借りたいと思って、ここに、来たわけ。それなのに、どうして、部屋を、貸してくれないの？」

「京都に、遊びに来たのでしたら、別に、部屋を借りる必要は、ないんじゃございませんか？　どこか、ホテルか旅館に、お泊まりになったら、いかがでしょうか？」

と、担当は、相変わらず冷静な口調で、いった。

「僕はね、一年間、京都で、人間修業をするんだよ。だから、なるたけ、京都の生活をじっくりと味わいたい。それで、部屋を借りて住みたいんだ」

と、青年が、根気よく、繰り返している。

担当のほうも、〈京都の保証人がいないと〉と、繰り返していた。

小万は、急に、その男のそばに寄っていき、隣に腰を下ろした。カウンター越しに、担当者に、向かって、

「うちが、保証人になります。それなら、どうどす？」

と、いった。

担当は、小万の顔を、知っていて、

「小万ちゃんが、保証人？　でも、この人を、知っているんですか？」

と、きいた。

「へえ。よう知ってる方どす。うちが、東京へ行ったときに、お知り合いになったお方ど

す」

と、小万は、でたらめを、いった。

担当者は、男に向かって、

「この小万さんを、知っているんですか？　お知り合いですか？」

と、きいた。

男は、顔を、小万に向けて、ニコニコ笑った。

小万のほうも、そんな男に向かって、ニッコリと、笑いかけて、

「お忘れどすか？　東京で、えらいお世話になった小万どす」

「ああ、そういえば、思い出した。あの時の小万ちゃんだ。相変わらず、綺麗《きれい》だね」

と、男は、小万に合わせて微笑を浮かべた。

小万は、今度は、担当者に向かって、

「これでどうどす？　うちが、保証人になりますから、いい物件を、この方に、お願いします」

と、いった。

「小万ちゃんが、保証人になってくれるなら、お貸ししないわけには、いきませんね」

と、担当者は、いい、物件の載っている帳簿を、持ち出してきた。

「二十万円くらいの物件ですか？」

と、男にきく。

「僕は、京都の相場は、わからないんだが、そのくらいなら、男一人が、のんびり住めるくらいの広さは、あるんじゃないの？」

と、いった。

「あると思いますが、ただ、京都は、古い都で、建築基準がうるさいので、東京のような、高層マンションはございません。それでも、よろしいですか？」

「一年の契約で、住みたいんだ。それに、できることなら、京都の中心が、いいな。今もいったように、一年間、京都で、人間修業を、したいんだから」

と、男が、少し照れたような顔で、いった。

「それなら、祇園近くの、マンションがよろしいわ」

と、小万が、いった。

「確か、最近新築された、六階建てのマンションがあるはずです。ただ、駐車場は、ございませんが」

と、担当者が、いう。

「車は、いいよ。タクシーを使うし、歩いても、いいからね」

と、男が、いった。

担当者が、物件の一つを、前に置いて、

「2LDKで、月二十万円です。今すぐ、契約なさいますか?」

と、男に、きいた。

「ああ、それでいい。ただ一年契約にして欲しいんだ。一年しか、京都にいられないから」

と、男が、よく見もせず、あっさりと、いった。

契約を済ませた後で、男は、小万に向かって、

「あなたが、保証人になってくれて、助かりましたよ。何か、お礼をしたいんだけど、こういうとき、京都では、どうするんだろう? 夕食にでも、誘ったらいいのかな?」

と、いった。

「ごはん食べどすか?」

と、小万が、きいた。

「ああ、京都では、ごはん食べに、誘うのか」

「そうどすけど、うちは、お座敷があるので、お茶でも一緒に、どうどす?」

と、小万が、きいた。

「いいな。のどが、渇いているから、どこか、いい店を紹介してくれませんか」

と、男が、いった。

小万には、男の正体が、よくわからない。

手に提げている、ボストンバッグに、一千万円の現金が、入っているのは確かだが、東京の金持ちのボンボンかも知れないし、あるいは、営業所の担当者が、疑ったように、大会社の、経理係か何かで、会社の金を、くすねて、京都まで、逃げてきたのかも知れない。

しかし、男の、のんびりとした顔と、大きな身体を、見ていると、それほど、悪い男にも見えないのだ。

小万は、安井不動産のビルの、隣にある、小さな喫茶店に、案内した。

京都で多い、イノダという、喫茶店の支店である。

店の中の、窓際のテーブルに、腰を下ろすと、男は、

「コーヒーが、飲みたいな」

と、いってから、テーブルを見廻して、

「砂糖が、置いてないんだね」

と、いった。

「へえ」

と、小万は、うなずいてから、

「コーヒーは、どうしはりますか？　ブラックどすか、それとも、お砂糖を、入れてもらいます？」

と、きいた。

「僕は、甘いほうが好きだから、砂糖を入れて欲しいな。それに、ミルクも」

と、男が、いった。

「じゃあ、うちも同じ物で」

と、いって、小万は、店員に、注文した。

ミルクの入ったコーヒーが、運ばれてくる。しかし、砂糖は、ついてこない。

男が、また、変な顔をして、

「砂糖は、どうしたの？」

と、きいた。

「もう、入ってます」

と、小万が、いい、おいしそうに、コーヒーを口に運んだ。

男は、まだ、わけのわからないような顔で、コーヒーを、口に運んでから、

「もう砂糖が、入っているんだ。この店は、勝手に、砂糖を入れるんだな」

と、いった。

「このイノダというコーヒー店は、京都で、老舗《しにせ》の、お店どす。お店の方針で店の人が、砂糖も、ミルクも、いちばんおいしい分量を、入れてくれはります」

と、小万が、いった。

「客が自分で、砂糖の分量を、決められないの？　客の中には、もっと、甘いコーヒーが、

飲みたい者もいるだろうに」

と、男が、いった。

「お店の人は、プロどすえ。ですから、お客さんに、いちばん合った、砂糖とミルクの、分量を、入れてくれはります」

「何だか、親切そうだけど、ずいぶん、お節介なやり方なんだねえ」

と、男は、苦笑している。

「京都というところは、いろいろと、しきたりがあったり、店によっては、うるさいことを、いいますけど、それに、慣れてしまうと、本当に楽どすえ」

と、小万が、いった。

「そんなものかな」

と、男が、いった。

「お客さん、確か、平松さんどしたなあ。契約書を、書いているとき、お名前を、拝見しました」

と、小万が、いった。

「平松宏《ひろし》です。東京の人間です。小万ちゃんは、さっき、保証人の欄に、高橋とき子と、書いていたけど、それが、本名なの？」

と、男が、きいた。

「へえ。それが本名どす」

「じゃあ、小万というのは何？　ああ、そうか、舞妓さんか？」

「舞妓は、二十歳までどす」

と、小万は、笑って、

「今は、自前で、芸妓をやってます。これから、平松さんも、京都にお住まいなら、ときどき、お座敷に、呼んどくれやす」

と、いった。

「そう簡単に、いうけど、初めての京都だし、京都のことは、まったくわからない。お座敷に、呼んでくれといわれても、どうやって、いいか、わからないよ」

と、男は、正直な顔で、いった。

「それは、うちが、お教えします」

と、いってから、さっきから気になっているボストンバッグに、目をやって、

「それにしても、東京から、そのボストンバッグの中に、大金を入れて、持ってきはりました？」

と、きいた。

「東京を出るとき、オヤジに、渡されたんだ。さしあたって、ここに、一千万円あるから、これで、京都で遊んで来い、とにかく、一年間、京都で遊んでくれば、人間修業が、でき

るだろう、そういわれたんだ。しかし、どんなふうに遊んだらいいのか、僕には、わからなくってね」

と、平松が、いった。顔が、ニコニコ笑っている。

小万は、相変わらず、得体の知れない男だと思った。

一年間京都で遊んで来いと、父親に、一千万円渡されたといわれても、そんな話が、本当に信用できるものか、どうか、小万には、わからない。

「もっと詳しく、お話を、聞きとおすけど」

と、小万が、いった。

「どう説明したら、いいのかな？」

と、平松は、いい、自分のことを、しゃべるのに照れたのか、ちょっと、乱暴な口調になった。

「俺《おれ》の家は、代々続いた、ちょっとした会社をやっているんだけど、オヤジは、まだ健在だし、それに、俺には、兄貴がいてね。その兄貴は、おれと違って、勉強家で、頭がいいし、仕事をやろうという意欲が満々だから、会社は、二人に任せて、俺は安心して、好きなことを、やっていた。そうしたら、去年の暮れに、この兄貴が、突然、交通事故で、亡くなってしまってね。それで、俺は、否応なしに、オヤジの跡を、継がなくては、ならなくなったんだ」

「それで？」

　と、小万が、きく。

「オヤジに、いわせると、ウチの会社は、女性相手の、仕事だから、俺みたいに、野暮な男じゃダメだと、いうんだよ。それなら、養子でも取ってくれって、俺は、いったんだけど、オヤジは、こういうのさ。これから一年間、日本の文化の、頂点にある京都に行って、遊んで来い。そうすれば、日本の文化というものも、わかるし、女心も、わかるだろう。お前も、バカじゃないから、立派に、俺の跡が、継げると、いうんだよ。俺は、気が、進まなかったんだけどね。オフクロも、オヤジに、賛成だというので、尻を叩《たた》かれるみたいな形で、今日、京都に、やって来たんだ。オヤジは、一年間、京都にいて、その間に、一億円使って、遊べと、いうんだ。その支度金のような、格好で、現金を一千万円渡された。残りの九千万円は、こちらの銀行に、送金するというから、明日にでも、銀行に行って、とにかく、口座を作らなくちゃいけないんだよ」

「それで、今日、一年間の、マンションの契約をしはったんどすな？」

「あなたがいたから、助かった。外国に行ったって、大金を、積めば、どこでも、信用してくれたんだけど、この京都は、ダメなんだね。驚いたよ」

　と、平松が、笑った。

「良くも悪くも、それが、この京都の、しきたりどす」

と、小万が、いった。

「明日は、どうしたら、いいんだろう？　この調子だと、どこへ行ったって、他所者《よそもの》の俺は、相手にしてもらえそうもないが」

と、平松が、いった。が、顔は笑っている。呑気《のんき》な男なのだろう。

「そうどすなあ」

と、小万は、考えてから、

「二、三日、ホテルに、お泊まりやす。そして、明日から、契約したマンションに行って、いろいろと、住めるようにすれば、あんじょう、いきますよって。うちが、ちゃんとうまく、やります」

と、励ますように、いった。

「じゃあ、今日は、駅前のホテルに、チェックインしよう」

と、平松が、いうと、小万は、

「できれば、都《みやこ》ホテルか、ホテルフジタになさったほうが、よろしおす」

と、いった。

「どうして？　駅前のホテルなら、この近くじゃないか？　そのほうが、便利でいいと、思うんだけど」

と、平松が、いった。

「それが、そうやないんどす。あんたはんは、夜は、京都のどこかで、お遊びに、なるんどっしゃろ？」

「そうしたいと、思っているんだが」

「それなら、お茶屋で、遊んでも、クラブで、遊んでも、東京から来て、ホテルに泊まっているというと、どこに、泊まっているのか、必ず聞かれます。そのとき、駅前のホテルというよりも、都ホテルといったほうが、絶対によろしおすえ」

　と、小万が、いった。

「どうして？」

「お茶屋の舞妓や芸妓は、お客はんが、どこに泊まっているかで、相手を、評価するんどす。それは、クラブのホステスさんでもまったく同じどす。駅前のホテルというよりも、都ホテルといったほうが、よろしおす」

「そのほうが、信用されるわけ？　どうもよくわからないなあ」

　と、平松が、いった。

「うちのいう通りになさったほうが、よろしおす」

　と、小万は、命令するように、いった。

「助けてくれた、君のいうことだから、もちろん、信用するけど、京都じゃ、ホテルにも、いい悪いがあるみたいだね。明日の夜、遊びに行って、女のコに、聞かれて、駅前のホテルに泊まっているというと、バカにされるのかな？」

「いいえ。バカになんかせえしまへん。駅前のホテルなら、便利で、よろしおすなあと、きっと、にっこりして、いいますやろな。けど、内心は、ああ、このお客はんは、京都のことを、よう知らんと、便利なだけで、駅前のホテルに、泊まっているのかと、女のコは、思います。その点、都ホテルは、京都で、古くて格の高いホテルやさかい、そこに、泊まっているといえば、このお客はんは、京都のことを、よう知ってはると、思います」

と、小万は、いった。

「それも、しきたり？　京都って、やたらに、しきたりがあるんだね」

と、平松が、いった。

「そやさかい、そのしきたりを、覚えはるんどす。すぐには、無理どっしゃろけど、うちが先生になって、ちゃんと、教えますよって」

と、小万が、いった。

「よろしく頼みますよ、先生」

と、平松は笑った。そのあとで、

「君に、何か、お礼がしたいんだけど、何がいいかな？」

「うちねえ、今、困ってることが一つあるんどす。助けてくれはりますか？」

「もちろん、助けるよ」

「うちねえ、今、都をどりの切符を、お客さんに買《こ》うてもろてるんやけど、この不景気で、なかなか、大変なんどす。それで、もしよかったら、あんたはんに、三十枚ばかり、引き受けて、欲しいんどす」

と、小万が、いった。

「ああ、いいとも。三十枚で、どのくらい？　百万ぐらいか？」

と、男が、いうと、小万は、笑って、

「一枚四千円。そやさかい、三十枚で十二万円。よろしおすか？」

と、いった。

「三十枚だけで、いいの？　五十枚でも、百枚でも引き受けるよ。どうせ、使ってしまえと、オヤジが、くれた金なんだから」

と、平松が、いった。

「都をどりは、四月一日から、三十日まで三十日間だから、毎日来てもろうても、三十枚でよろしいんどす。だから、それ以上、あんたはんには、買うてもらわれへん」

と、小万が、いった。

小万は、都をどりの、切符の入った封筒を、取り出した。

それには、なじみの、天ぷら屋、天勝のママに買ってもらおうと、思っていた、五十枚の切符が、入っている。

封筒の表には、天勝のママの名前、〈川本須美子御姉上様〉と、書いてある。

小万は、新しい封筒を、取り出し、それに三十枚の切符を、入れてから、表に、〈平松御旦那様〉と、書いた。

「ここに三十枚入っていますから、お願いしますえ」

と、小万は、いった。

平松は、ボストンバッグから、百万円の束を取り出して、札を、数えようとする。

小万は、あわてて、

「それは、後から都をどりの事務局へ、振り込むなり、持ってきてくださるなり、そうしとくれやす」

と、いった。

平松は、変な顔をして、

「今、現金で、払ったほうが、お互いに、早くていいじゃないか。後になって、振り込んだり、持って行くのは、面倒だよ」

「でも、祇園では、現金決済は、いかんのどす。それは、祇園のしきたりに、合いまへん」

「どうして、現金じゃいけないの？ 今払うといっているんだから、いちばん、いいじゃない？」

「それが、いけまへんのや。祇園では、お客さんと、うちらが、お互いに、信用して、成り立っています。その信用しているお客さんに、現金で、切符を買《こ》うていただくというのは、お客さんを、信用してないということになります。だから、この切符は一応差し上げて、後で払っていただくんどす」

　と、小万が、いった。

　平松は、小さく首をすくめて、

「また、しきたりか。やたらに、しきたりばかりだね。そのしきたりがないと、祇園じゃ遊べないの？」

「確かに、よその人から見れば、おかしいかも知れまへんけど、それが、祇園というところどす」

　と、小万が、きっぱりとした口調で、いった。

「じゃあ、そのしきたりを、守るとして、これから、君のいう、都ホテルに行っても、この分だと、チェックインさせてくれないんじゃないのかなあ？　予約もしていないし」

　と、平松が、いった。

「それなら、これから、うちが、電話しますさかい、ちょっと、待っとくれやす」

　と、小万は、いい、自分の携帯電話を、取り出すと、三条蹴上《けあげ》にある、都ホテルに、電話をかけた。

支配人を呼んでもらって、

「支配人はんどすか？　うち、祇園の小万どす」

と、いった。

「ああ、小万ちゃんか。何の用？」

と、支配人が、きく。

「うちの大事な、お客はんが、東京から、お見えになったんどす。京都でいちばんいい、ホテルに泊まりたいと、おっしゃるんで、都ホテルを推薦したんどす。もし、お部屋が、空いていれば、泊めとくれやす。大事な、お客はんどっさかい」

と、小万が、いった。

「小万ちゃんの、大事なお客さんなら、もちろん、お泊めするけど、どのくらいの、部屋が、いいのかな？」

「そうどすな。家がお金持ちやさかい、スイートルームなんかが、よろしいと思いますけど」

と、小万が、いった。

「それなら、スイートルームを、用意しておきますよ」

と、支配人が、いってくれた。

「これから、そのお客さんと一緒に、行きますさかい、よろしゅうおたのもうします」

と、小万は、いって、電話を切った。

喫茶店を出ると、小万は、タクシーを拾い、平松を三条蹴上にある、都ホテルに連れていった。

フロントで、小万が、支配人の名前を、いうと、支配人が、わざわざ出てきてくれた。

多分、小万のいう、大事なお客というのが、いったい、どんな人間なのか、それを見に来たのだ。そのことが、かえって、小万には、心配になった。

何しろ、まだ、小万にも、この平松という若い男が、何者なのか、つかめていないのである。一応、男の目を見て、信用出来そうだと思い、三十枚の、都をどりの切符を、買ってくれたことは、ありがたいと思っているのだが、だからといって、心から信用は、していなかった。

まさか、会社の金を、持ち逃げした犯人とは、思っていないのだが、東京の、大きな会社の社長の息子だという話も、同じように、信用できない。

そんなこの大男を、都ホテルの支配人が、果たして、どう見るのか、それが、心配になったのだ。

フロント係が、平松に向かって、

「お客様の、ご要望なので、スイートルームをご用意して、おきました」

と、いう。

平松のほうは、別に驚きもせず、

「じゃあ、案内してもらおうかな」

と、いっている。

平松が、ボーイに案内されて、エレベーターのほうに歩いていくのを、見送ってから、

支配人は、小万に向かって、

「あれが、小万ちゃんの、大事なお客さんかい？」

と、いった。

その目は、明らかに、警戒する目だった。

小万のほうも、負けん気になって、

「へえ。うちの大事な大事な、お客さんどす」

と、いった。

「東京の人だろう？　さっきの電話では、家がお金持ちだということだけど、何しに、京都に来たのかね？　観光かね。それにしては、野暮ったい、格好をしているね」

と、支配人は、いった。

「一年間、京都に住んで、遊びの修業を、するそうどす」

と、小万が、いった。

「京都で遊びの修業だって？　遊びの修業って、何を、するつもりなのかな？」

と、支配人は、とまどった表情で、いった。

「お父様が社長をしている会社の、お客さんは、女性が多いので、日本の文化の頂点である、京都に行って、一年間遊んで、女の気持ちが、わかるようになって、東京に帰って来いと、いわれたらしいんどす。それで、一年間に、一億円使うつもりでいはるんどす」

と、小万が、いった。

まだ、支配人は、信用できないという顔になって、

「今どき、そんな親が、いるかな。一年間に一億円使って、京都で、遊んで来いなんていう親が」

「でも、そういうてはるから、信用するしか、おへん」

と、小万は、いった。

小万は、平松のことが、気になったが、彼女自身、これからマンションに帰って、夜のお座敷の、支度を、しなければならない。

（まあ、一千万円持っているし、都ホテルに、泊まったのだから、今日のところは、心配ないだろう）

小万は、そう思って、自宅のマンションに、帰ることにした。

翌日、小万は、昼近くに、目を覚ました。

昨夜、なじみの客と、飲み比べという格好に、なってしまって、小万が勝ったのだが、まだ、その酔いが、残っていて、頭が痛い。それでも、顔を洗うと、平松のことが気に、なってきた。

小万は、郵便受けに入っていた新聞を、取ると、社会面を、開いてみた。

ひょっとして、東京で、会社の金を、持ち逃げした男が、逃亡している、そんな記事が、出ていないかと、気になったのだ。

小万は、まだ、心から、あの男を、信用出来ずにいる。幸い、新聞の、社会面のどこを見ても、それらしい、事件の記事は、載っていなかった。

ひとまずホッとしていると、電話が鳴った。都をどり事務局の、青木からだった。

「小万ちゃんか。今、東京の平松という男の人が来て、小万ちゃんから、都をどりの切符を、三十枚買ったので、その支払いに、来たといっているんだよ」

と、青木は、いった。

「そうどすか」

「間違いないのかね？　小万ちゃんの、贔屓の中に、平松という人が、いたとは、知らなかったんだが」

と、青木が、いった。

「昨日《きのう》、大事な、旦那様に、なってくださったお客様どす。そやさかい、よろしゅうおたのもうします」

　と、小万が、いった。

「それじゃあ、この人から、十二万円貰って、いいんだね？　領収書を出すよ」

「平松さん、そこにいはるのどすか？」

　と、いってから、

「それなら、平松さんに、電話に、出るように、いうとくれやす」

　と、小万は、いった。

　間を置いて、

「平松です」

　聞き覚えのある、あの、のんびりした声が、電話から伝わってきた。

「今、歌舞練場というところに来ているんだけど、ここは、何を、するところなの？」

　と、平松が、きいた。

「そこは、舞妓や芸妓が、お稽古《けいこ》をするところで、四月一日から、都をどりが、毎日開かれるんどすえ。四月一日から、毎日来とくれやす」

　と、小万が、いった。

「とにかく、立派な建物だな」

　と、平松が、感心したように、いう。

「これから、そこにいきますさかい、待っといておくれやす」

と、小万が、いった。

「いいよ。わざわざ来てくれなくても。子供じゃないんだから、自分一人で、京都の街を、歩いてみるよ」

「でも、そこに、あのお金の入った、ボストンバッグを、持ってはるんでしょ？」

「ああ。使わないといけないから、持っているけど、大して重くないよ」

「そういうことや、おへん。とにかく、心配やから、そちらに、行きます。待っといて、おくれやす」

と、小万は、いって、電話を切った。

あのまま、一千万円が、入ったボストンバッグを、持ち歩いていたら、きっと、誰かに盗られてしまうに違いない。小万には、それが、心配になったのだ。

手早く、支度をして、タクシーを、呼び、小万は、歌舞練場に向かった。

その前にタクシーを、待たせておいて、事務所に入っていくと、平松は、中で、退屈そうに椅子《いす》に腰を下ろしていた。

足の前に、例のボストンバッグが無造作に置かれている。

「さあ、行きまひょ」

と、小万は、平松に、声をかけた。

「行きましょうって、どこへ行くの？」

と、平松が、きいた。

「昨日、あんたはんは、銀行へ行って、自分の口座を、作るとゆうてはった。それを、しないと。そうどっしゃろ？」

と、小万が、いった。

「ああ、そうだった。忘れていた」

と、相変わらず、平松は、呑気に、いった。

小万は、男の手を、引くようにして、歌舞練場の前に、待たせておいた、タクシーに乗せた。

小万の気持ちでは、この男を、銀行に連れていって、口座を作らせれば、そのときの銀行の態度で、信用の置ける男か、どうかが、わかると踏んでいたのだ。

タクシーに乗ってから、

「どこの銀行が、よろしい？」

と、小万が、きいた。

「東京三菱銀行がいい」

と、平松が、いった。

「なんでどす？」

と、小万が、きいた。

「東京を出るとき、オヤジに、いわれたんだ。京都にある、東京三菱銀行に、口座を作れって。オヤジは、残りの金を、そこに振り込むといっていた。京都にも、東京三菱銀行はあるんだろう？」

「もちろん、あります」

と、いって、小万は、運転手に、

「四条烏《からす》丸《ま》の、東京三菱銀行」

と、いった。

東京三菱銀行は、四条烏丸の、角にあるのだが、今は、改築することになって、近くに、移っていた。

タクシーで、そこにつけ、銀行の中に入っていくと、小万は、平松の様子を見ていることにした。

平松のほうは、預金のカウンターに、行くと、例のボストンバッグを、カウンターの上に置いて、

「東京の平松宏だけど、この銀行に、口座を、作りたいんだ」

と、いった。

すると、受付の女性が、ニッコリして、

「支店長から、お名前を、伺っています。どうぞお二階に、上がってください」

と、いい、平松を二階に案内していった。

小万も、それに付いていく。

二階には、個室が、いくつかあり、その一つに、女子行員が案内した。

女子行員は、二人を、そこのソファに、座らせると、

「これから、支店長がまいりますので、お待ちください」

と、いって、出ていった。

ほかの女子行員が、コーヒーを、運んでくる。

平松という男は、それを、別に、驚いてもいない。

当たり前のように、コーヒーを飲み、小さく伸びを、している。こういう銀行の特別扱いに馴《な》れているのか。

五、六分すると、支店長の斉藤が、部屋に入ってきた。

小万は、斉藤とも、顔なじみである。ときどき、大事なお客を、連れて、お茶屋遊びをし、そのとき、お座敷に、小万が呼ばれることもあったからである。

支店長の斉藤は、

「いやあ、小万ちゃん」

と、微笑してから、平松に、向かって、

「昨日、東京のお父様から、お電話がありました。息子が、そちらに行って、口座を、作るからよろしくということでした」

と、丁寧に、いった。

女子行員が、必要な書類を、持ってきて、平松の前に、置いた。

平松は黙って、それに、名前などを、書き込んでいく。

小万は、

「ちょっと」

と、いって、支店長を、部屋の外に、連れ出した。

「支店長はんは、あの平松さんのことを、詳しゅう知ってはるんどすか？」

と、きいた。

「あの人のことは、知らないけど、お父さんのことは、よく知っているんだ。それにしても、小万ちゃんが、一緒だとは、ちょっと、ビックリしたね。感心した」

と、支店長の斉藤が、笑った。

「感心したって、それは、どういうことどす？」

と、小万が、きいた。

「あの人のお父さんはね、東京じゃあ、大きな、アパレルメーカーの社長なんだ。ウチの銀行の大手町支店と、たくさんの、取引がある。大切な、お客様なんだよ」

と、いい、続けて、

「その大会社の御曹司に、目をつけたんだから、小万ちゃんも、なかなかのものだ」

と、いった。

「ほんまどすか？」

と、小万が、きいた。

「何だ。小万ちゃんは、知らなかったのか？」

「へえ。まったく、知りまへん。何か、困ってはる様子やったので、お助けしたんですけど、そんな大会社の、御曹司やったん、どすか？」

「その通りだよ。あのお客のお父さんは、個人資産が、何十億円もあると、いわれる大金持ちなんだ。うまくやって、あの御曹司の、嫁さんにでもなれば、玉の輿《こし》だな」

と、斉藤が、からかい気味に、いった。

小万のほうは、そんな、支店長の言葉は、耳に入らなくて、

「そんな、お金持ちどすか」

と、つぶやいている。

「じゃあ、小万ちゃんは、あの平松さんのお兄さんが、亡くなったことも、知らないんじゃないのか？」

と、支店長が、きいた。

「いえ。それは、聞いたんどす。でも、本当かどうか、わからなくて」

と、小万が、いった。

「だから、あの平松さんが、大会社の、跡継ぎになったんだが、この大事なときに、どうして、京都なんかに、来たのかね？　東京の社長さんは、一年間、京都で、修業させるので、よろしくお願いすると、いっていたが、京都で、何の修業を、するつもりなんだろう？」

と、支店長は、首をかしげた。

第二章　お茶屋

　小万のほうは、その顔を見て、つい、ニヤッとした。女の修業ということは、この支店長には、教えてやるまいと思った。

　銀行に口座を作った後、小万は、昨日、安井不動産で、契約した、マンションに、平松を、連れていくことに、した。

　京都の地図を、広げて、マンションのある場所に、赤い丸を、つけた。

「京都では、東京みたいに、番地をゆうても、タクシーには、わからしまへん。京都は、碁盤の目どっさかい、南北に走る道路と、東西に走る道路の、二つをゆえば、自然にどこに行きたいのか、タクシーは、わかってくれはります。これから、あんたはんを、連れていくマンションは、東洞院通《ひがしのとういんどおり》、六角下《ろっかくさが》ルといえば、タクシーは、わかってくれはります」

と、小万は、いった。

平松は、京都市の地図に、目をやって、

「なるほどね。京都が、碁盤の目だというのは、前から聞いていたけど、なるほど、碁盤の目だ。東洞院というのは、ああ、この通りね。それから、六角というのは、ああ、こちらか。下ルというのは？」

「京都では、御所へ向かうのを上《あが》ル、その反対を下ルというんどす。だから、東洞院六角下ルとゆうたら、この南北の東洞院通の六角通より南側ということもわかって、便利どっしゃろ」

と、小万が、自慢そうに、いった。

問題のマンションは、六階建てで、それでも、京都の中心では、高いほうだった。

その六階の角部屋が、契約した、２ＬＤＫの部屋だった。

一階は、生け花の道具などを、売っている、このマンションの持ち主である、花器店になっていた。

家主から、鍵を貰って、二人は、六階の部屋に、上がっていった。

小万は、さっさと動いて、窓を開け、外の空気を、部屋に入れた。

「まあまあの、部屋だな」

と、男は、相変わらず、呑気に、いった。

「この裏に、有名な、生け花の学校があります。生け花会館もあって、そこには、若い娘さんが、ぎょうさん習いに来てはります。この近くを、散歩していると、その娘さんたちと、会うかも知れまへんけど、そういう素人さんには、絶対に、手え出したらあきまへんえ」

と、小万が、いった。

「どうして、いけないんだ？」

と、平松が、きいた。

「あんたはんは、一年間、京都で、遊んで、男を、磨くんどっしゃろ？　そう、お父さんに、いわれてきたんと違いますのか？」

「そりゃそうだが」

「それなら、素人さんに、手えつけたら、絶対にあきまへん。もしも、面倒なことにでもなったら、京都で、遊びの修業どころでは、ありまへんえ」

と、小万は、きっとした目になって、釘《くぎ》を刺した。

「まるで、オフクロみたいな、いい方だな」

と、平松が、笑った。

そういわれると、小万は、何だか、まだ見たことのない、この男の両親に、息子のことを、頼まれたみたいな気持ちに、なってしまう。

そんな気持ちを自分で、はぐらかすように、小万が、にっこり、笑って、

「これから、大急ぎで、買い物しなあきまへんえ。お布団かて、買わなあきまへんし、家財道具だって、必要どっしゃろ？　さあ、買い物に行きましょ」

と、いった。

専門店に行くのでは、時間がかかるので、小万は、近くにある、大丸に、平松を、連れていった。

「どんな家具が、お好きどすか？」

と、聞くと、平松は、

「別に、好みはない。とにかく、一年間だからね。何とか、暮らせればいいよ」

と、いった。

「そんなことじゃ、この京都では、通用しまへんえ」

と、小万は、いった。平松という男には、家具の善し悪しはわからないようだからと、決めつけて、小万は、自分の眼で決めてどんどん勝手に、買っていくことにした。

一千万円もの金を、持っているから、たいていの物は買える。

次から次に、どんどん選んでいくのが、小万には、楽しく、平松のほうは、どんどん買い物をしていく小万を、面白そうに眺めている。

「ここでも、信用買いにするの？」

と、平松がきく。

小万は、笑って、

「ここは、デパートやさかい、全国共通に、ちゃんと、現金で、お払いやす」

と、いった。

四百万近くの買い物を、してから、小万は、帯にはさんだ時計に、目をやって、

「ああ、もう、お座敷の準備を、しなあきまへん。後は、あんたはんが、適当にやっとくれやす」

と、いった。

「今夜、生まれて初めて、お茶屋遊びを、してみたいんだが、でも、一見《いちげん》さんは、お断りといわれるんだろうな？」

と、平松は、いった。

「あんたはんは、うちの、大事なお客はんどす。一見さんとは、違います」

「でも、どうやって、遊んだらいいのか、わからないんだ」

と、平松は、いった。

「それなら、祇園で、藤田という、お茶屋さんに、今夜、行っとくれやす。そこの女将《おかみ》さんに、うちから、電話しておきまっさかい。行けば、ちゃんと、わかります」

「藤田というお茶屋だね。どこにあるの？」

「祇園の中を、じっくりと、歩いてみとくれやす。そうすれば、すぐに、わかりますえ」

「そこへ行って、小万ちゃんを、呼べばいいんだね？」

「そうどす。それから、小鈴ちゃんも、呼んどくれやす」

「小鈴ちゃんって、どういう人」

「舞妓はんどす。それと、地方《じかた》のお姐《ねえ》さんも呼んでくれはります？」

「地方さんって？」

「三味線のお姐さんどす」

と、いって、小万は、三味線を、弾《はじ》くマネをした。

「小鈴ちゃんと、地方のお姐さん、それに君だね。それだけ、呼べばいいんだね？」

「へえ。そうしとくれやす。お茶屋での遊び方は、うちが、お教えしますさかい」

と、小万が、いった。

祇園甲部には、有名なお茶屋、一力のほかに、小さなお茶屋が、何軒もある。その中で、藤田は、小万が、よく呼んでもらうお茶屋だった。

その夜、平松が、こちらのいった通りに、ちゃんと動いてくれているかどうか、心配だったが、九時近くなると、お茶屋藤田から電話があった。

藤田の女将《おかみ》さんが、

「平松さんというお客さんが、小万ちゃんをご指名どすえ。すぐ来とくれやす」

と、声をかけてきた。

「小鈴ちゃんと、地方のお姐さんも、呼んでくれたはりますか？」

と、聞くと、電話の向こうで、藤田の女将さんは、笑って、

「何やら、手帳に、書いてきて、この人たちを、呼んでくれって。小万ちゃん、小鈴ちゃん、そして、地方のお姐さんと、書いてあります。小万ちゃんが、教えたんどすか？」

と、いった。

「へえ、そうどす。これから、すぐに行きます」

と、小万も、笑って、いった。

どうやら、小万が教えた通りに、忠実に、藤田の女将さんに、注文したらしい。

（可愛《かわい》い）

と、小万は、思った。

マンションの契約書に、平松は、二十六歳と書いていた。小万と同じ年だが、ある面、子供に見える。

何しろ、小万は、十七歳で、舞妓になり、今日まで九年間、大人の相手をしてきたのだ。

それも、花街でである。

（その気になれば、どんなふうにでもしてみせる）

顔に化粧をして、唇に朱を塗ってから、友禅の着物に着替え、西陣の帯を締める。そし

て、鬘《かつら》をつけると、そこには、生まれ変わった、妖艶《ようえん》な芸妓の姿が現れた。

いつも呼んでいる、京都のタクシー会社に、電話をした。

「小万どすけど、いつもの車、おたのもうします」

と、いった。
五、六分すると、Y会社のタクシー、そして、いつもの運転手が、小万を迎えに来た。
ここのタクシーは、グリーンの三つ葉のクローバーのマークで、有名だが、最近になって、何台か、四つ葉のクローバーの車を、混ぜていた。その車が、最近、京都で、評判になり、縁起がいいといって、四つ葉の車を、わざわざ見つけて、乗る観光客が、増えている。

小万も、縁起を担いで、その四つ葉のクローバーの車に、迎えに来てもらうことにしていた。

お茶屋、藤田に着くと、小万は、下でお茶屋の女将《おかあ》さんに、挨拶《あいさつ》してから、二階に上がる。先に来ていた舞妓の小鈴が、

「お姐さん、今日は、おおきに」

と、挨拶する。

小万のほうは、三味線の地方《じかた》さんに、頭を下げた。

それから、あぐらをかいて、座っている、平松に目をやると、大きな身体を、持て余す

ようにして、ニッコリ、笑っている。

お茶屋遊びは、初めてだというが、それにしては、別に、気後れしている様子もなく、のんびりと、構えていた。

すでに、酒を口にしているらしく、少しばかり、赤い顔に、なっていた。

小万は、そんな平松に、酒を、勧めてから、

「どうどす？　お茶屋さんの雰囲気は？」

と、きいた。

相変わらず、平松は、ニコニコと、笑いながら、

「初めてだから、何とも、いえないけど、悪いもんじゃないね。君も、なかなか、綺麗じゃないか」

と、いった。

「お世辞も、お上手どすなあ」

と、小万は、皮肉とも、お世辞ともつかない口調になってから、

「小鈴ちゃんに、何か舞ってもらいます？」

と、きいた。

「何かって、いわれても、お茶屋に来るのは初めてだから、どんな、踊りがあるのかも、知らないんだ」

と、平松が、いった。

「ほな、祇園小唄でもどうどす？　それなら、平松さんも、歌詞ぐらいは、知ってはるでしょう？」

と、小万が、きくと、

「ああ、それなら、きいたことがある」

と、いった。

金屏風《びょうぶ》が張られ、その前で、舞妓の小鈴が、祇園小唄を、舞うことになった。

地方《じかた》のお姐さんが、三味線を弾き、七十歳とは、思えないいい声で、祇園小唄を、唄《うた》い出した。

それに合わせて、小鈴が舞う。まだ、ぎこちない手足の捌《さば》きだが、それが、かえって、可愛らしく見える。

小鈴が、祇園小唄を、舞い終えてから、今度は、小万が「黒髪《くろかみ》」を舞うことに、なった。

京舞には、小万は自信がある。

しかし、「女の情念」を舞いながら、

（この男には、この舞の楽しさや難しさは、わからないだろうな）

そう思っていた。

舞い終えてから、意地悪く、

「どうどした？」

と、きいてみた。

案の定、平松は、ちょっと、困ったような顔になって、

「僕は、こういうものは、よくわからないが、手足の動きなんかは、なかなか、よかったと思うよ」

と、いった。

また、小万は、意地悪く、

「どんなふうに、上手に見えました？」

と、きいて、やった。

「そうだなあ、僕は、これでも、ラグビーをやっていたから、手足の動きなんかは、よく、わかるんだ。感心した。変ないい方かも、知れないが、隙《すき》がなくて、よかったよ」

と、平松は、いう。

「隙が、なかったどすか。面白いいい方」

と、小万が、笑った。そのあと、

「さあ、これから、どんな、遊びしまひょ？」

と、小万が、きいた。

「それも、ぜんぜん知らないから、何でもいいけど、その前に、一つだけ、きいておきた

いことが、あるんだ」

と、平松が、いった。

「なんどす？」

と、小万が、きく。

「今もいったように、僕は、お茶屋遊びが、初めてだから、お茶屋で、してはいけないことだけを、きいておきたいんだ。それを、きいておけば、安心して、遊べるから」

と、平松が、いう。

「そうどすなあ」

と、小万は、考え込んでから、

「小鈴ちゃんの、髪の毛には、触らんといとくれやす」

と、小万が、いった。

「どうして？」

と、平松が、きく。

「舞妓はんの髪の毛は、自毛やさかい、触られて、崩れると、困るんどす」

「じゃあ、君の髪の毛には、触ってもいいのか？」

と、平松が、笑って、きく。

小万も、笑って、

「うちの髪の毛どすか？」

と、きき直してから、

「酔っぱらって、触ってしまったら、それは構いまへんけど、その時には、それ相応の、覚悟をしとくれやす」

と、小万は、軽く、睨《にら》んだ。

「そんな覚悟がいるのか。面白いね」

と、平松が、いう。

「髪の毛は、女の命やさかい。それ相応の覚悟をしとくれやす」

と、また、小万は、笑って見せた。

平松が、初めての、お茶屋遊びということで、簡単な、遊びをすることにした。

地方《じかた》さんに、三味線を弾いてもらって、金毘羅舟々《こんぴらふねふね》でも、やろうと、思ったのだが、平松が〈その唄は、知らない〉というので、全員で、じゃんけんを、することにした。

舞妓の小鈴と、地方さんと、小万と、それに、平松を加えた四人での、じゃんけんである。代わりばんこに、一斉に、数をいって、片手を出す。全員が、片手を、開いて出せば、五本の指で、二十になる。

反対に、全員が、グーを出せば、ゼロになる。一本出したり、二本出したりして、その数を当てる、ゲームだった。

十三といって、四人で十三で、当たってしまえば、罰として、杯を干すのである。

そんな簡単な遊びでも、平松は、結構喜んでいた。

時間が来たところで、小万は、平松を、廊下に呼び出した。お茶屋の廊下は狭いので、余計に、平松が、大男に見える。

小万は、ちょっと、声をひそめて、

「あのお金は、どうしはりました？」

と、きいた。

「あれなら、ボストンバッグに、詰めて、持ってきて下の女将《おかみ》さんに、預けてある。持っていないと、使い道がないからね」

平松が、呑気なことを、いった。

「ここの支払いは、前にも、いったように、後で、払っておくれやす。ただ、舞妓はんや地方さんには、この場で、ご祝儀をはずんで、おくれやす」

と、小万が、いった。

「いいとも。ご祝儀は、いくらくらい、あげればいいんだ？」

と、平松が、きいた。

「そうどすなあ。普通五千円ぐらいで、いいんどすけど、あの小鈴ちゃんが、気に入ったのなら、いくらでも、お客さんがいいだけ、あげておくれやす」

「ただあげれば、いいの？」

と、平松が、きいた。

「ここの女将さんに、相談すれば、ちゃんと、ご祝儀袋を、用意しといて、おくれやすさかい、それに入れて、何気なく、そっと渡しとくれやしたらいいんどす」

「なかなか、難しいんだね」

と、平松は、笑った。

祇園では、信用が第一だから、すべて、後払いに、なっているが、ご祝儀のほうは、当然ながら、その場で贈られる。特に、舞妓の場合は、衣食住から、稽古ごとまで、全《すべ》て置《おき》屋《や》持ちだが、その代り、給料が払われないから、ご祝儀だけが、その舞妓の収入に、なってくる。

平松は、小万と一緒に、下に降りていくと、お茶屋の女将《おかみ》さんに、預けておいたボストンバッグから、無造作に、百万円の束を、取り出した。

そして、平松は、

「あまり、たくさんあげると、祇園では、野暮と、思われるのかな？」

と、小万に、きく。

「そうどす。今もゆうたように、自分の気に入った、舞妓さんや、芸妓さんがいたら、その方には、そうどすなあ、一万円でも、二万円でも、ご祝儀をあげとくれやす」

と、小万は、いった。

「じゃあ、みんなに、二万円ずつ包んでもらおうかな」

と、平松は、いい、それをお茶屋の女将さんに渡した。

女将さんが、心得て、用意してあった、小さな祝儀袋に、二万円ずつ、入れていく。

その後、平松が先に、二階に上がっていくと、お茶屋の女将が、小万に向かって、

「あのお客さん、どういうお方さんどす？　あのボストンバッグには、どのくらい、お金が入っているのどすか？」

と、きいた。

「五、六百万かしら」

と、小さな声で、小万は、いい、それから、

「何でも、京都の遊びを勉強したくて、お金を、使いたいんどすって。呆《あき》れた、ボンボンさん」

と、いって、笑った。

舞妓の小鈴が〈ほかにも、お座敷がある〉と、いって帰った後、平松は、小万と二人だけになると、

「君に何か奢《おご》りたいんだけどね。どうしたら、いい？　何とか、野暮といわれないようにして、君に奢りたいんだ。お礼もしたいし」

と、いった。

「ほな、あのボストンバッグごと、うちにおくれやす」

と、小万が、笑うと、

「それでいいのなら、あげるよ」

あっさりと、平松が、いった。

「ボストンバッグだけとは、違いますえ。中身もどすえ」

と、小万が、いった。

「もちろんだよ。それで、君が喜んでくれるなら、こっちも、ありがたい」

平松は、別に、奇をてらっているわけでもなく、ニッコリとして、いう。

小万は、いっそのこと、（おおきにといって、もらってしまおうか）とも思ったが、そこは、祇園の、芸妓の意地が、あるから、

「そうどすなあ。うちに気があるんなら、明日、ごはん食べに、連れてって、おくれやす」

「ごはん食べって、どこに連れていけば、いいの？」

　と、平松が、きく。

「そうどすな。吉兆《きっちょう》あたりにでも、連れてっとくれやす。もし、よければ、明日、うちが、タクシーでお迎えに、あがりますさかい」

小万が、いった。

翌日、例によって、四つ葉のクローバーのタクシーに乗り、小万は、平松を迎えに行った。彼はもうマンションに移っていた。

平松は、例のボストンバッグを、下げて、部屋から出てきて、タクシーに、乗った。

そのボストンバッグを見て、小万は、

「そんなものを、持って、大変どっしゃろ？　どうして、銀行に、預けないんどすか？」

と、きいた。

平松は、笑って、

「とにかく、これを、今月一杯で、使いたいんだ。だから、銀行になんか、預けているヒマがなくてね」

と、いった。

「呆れた方どすなあ」

とだけ、小万は、いって、平松の横顔を見ていた。

どうも、この男は、本気なのかどうか、その辺が、わからない。

渡月橋《とげつきょう》の近くにある吉兆には、電話をして予約を、取っておいたので、二人は、八畳ほどの、小部屋に通された。

酒と京料理が、運ばれてくる。

その食事の合間に、平松は、ポケットから、小さな箱を、取り出して、

「これ、君へのプレゼント」

と、いった。

「なんどす？」

と、きくと、

「昨日、あれから、あのお茶屋の女将《おかみ》さんに、電話をしたんだ。そして、〈小万ちゃんに、ごはん食べに、誘われたんだけど、どうしたらいいのか〉って、きいたんだ。ただ、ご飯を食べに、行っただけじゃ、つまらないだろうしね。そしたら、〈何か、贈り物を持っていったほうがいい〉といわれたので、これを、買ってきた。君が、気に入ってくれるといいけどね」

と、いった。

（この男、どうやら、根っからの野暮でもないらしい）

と、思いながら、小万は、その小さな箱を開けてみた。

入っていたのは、ピアジェの、女性用の腕時計だった。

そういう目利きについては、小万は、自信がある。

「こんなものを頂いて、どうしたらいいんどっしゃろ？」

と、小万が、きいた。

「構わないさ。それは、授業料だ」

と、平松が、いう。

「君には、京都の遊びというのを、教えてもらうんだから。その授業料だよ。そう思えば、安いもんさ」

と、平松は、笑った。

「うち、心配になってきました」

と、小万は、いった。

半分冗談で、半分本気だった。

「何が、心配なんだ？」

「祇園には、うちより、もっと綺麗なお姐さん方が、いやはるさかい、その色香に迷って、平松さんが、全財産取られるんやないかと思って、それが、心配なんどす」

と、小万は、いった。

これも、半分冗談で、半分本気だった。

本気で、この男の財産を狙う女が、出てきたら、どうにも、この男は、心もとない。そんな心配を、小万がしているのに、平松は、ニコニコ笑いながら、

「いいじゃないか。そんな女が出てきたら面白いじゃない」

と、いっている。

「面白いで、済むことや、ないと思いますけど」

と、少し本気で、小万が、怒っていった。

「君の怒った顔って、素敵《すてき》だよ。色気があっていい」

と、平松が、いった。

「そんなことに感心されたら困ります」

と、小万が、いった。

食事を済ませたあと、店の出口のところで、四十年配の男とぶつかった。

小万は、

「あら、先生」

と、声をかけた。

葛西という弁護士だった。

大金を持っていて、派手な遊びをするので、祇園では「今よう紀伊国屋文左衛門」と呼ばれている男だった。

葛西は、

「ああ、小万ちゃんか」

と、いってから、平松を見て、

「こちらは、誰？　小万ちゃんのいい人か？」

と、きいた。

小万は、

「東京から京都に遊びに来たはる、お金持ちのお坊ちゃん、平松さん」

と、いって、葛西に紹介した。

葛西は、ニヤッとして、

「いいねえ。今時、呑気に、京都に遊びに来ているなんて」

と、いった。

平松も、笑って、

「オヤジの、希望なんですよ。僕が野暮な人間なもんだから、〈一年ばかり、京都に行って、遊んでこい〉って、そういわれて来てるんです。それで、この小万姐さんに、遊びを習っているところなんです」

と、正直にいった。

「それなら、お茶屋遊びが、いちばんいい」

と、葛西が、いった。

「それで、昨日、生まれて初めて、お茶屋さんに、行ってきました。なかなか、面白かったですよ」

と、あくまでも、正直に、平松が、いっている。

「じゃあ、今度は、私が、ご招待しましょう」

と、葛西は、いって、自分の名刺を、平松に渡した。そのあと、

「そうだなあ。明日にでも、ここに電話をしてくれませんか？　祇園甲部なら、一力がいいな。あそこに、招待しますよ」

と、ちょっと自慢そうに、葛西は、いった。

「じゃあ、明日にでも、電話しますよ。よろしく、お願いします」

と、平松も、その気になって、答えている。

吉兆を出たところで、小万は、

「あんまり、人を信用したら、あかんのどすえ」

と、注意した。

平松は、首を傾《かし》げて、

「どうして？　なかなか、いい人らしいじゃないか。それに、オヤジが、よくいっていたんだ。〈医者と弁護士に、知り合いがいると損はない〉ってね」

　と、いった。

そのいい方に、小万は、笑って、

「そりゃそうどすけど、あの先生は、ちょっと、油断ならないところがありますえ」

と、いった。

「どうして？　葛西さんは、お茶屋遊びに、慣れているみたいだから、いろいろと、教えてもらおうと思っているんだけど」

と、平松が、いった。

「平松さんが、そういうのなら、仕方ないことどすけど」

と、いってから、小万は、

「どうどっしゃろ、これから、時間があるから、ボート遊びでも、しまへん？」

と、誘った。

吉兆の前の桂川《かつらがわ》は、ボート遊びが、できるようになっている。

「いいな。最近、運動していないから、ちょっと、身体を動かしてみたい」

と、平松は、太い腕を振り回した。

そんな様子に、小万は、ちょっと、ゲンナリして、

（女の私が、ボート遊びに、誘ったんだから、もっと、気のきいたことを、いってくれればいいのに）

と、思いながらも、自分が誘ったことなので、先に立って、船着場のほうに、歩いていった。

そこに、五、六人の若い男が、集まっていて、小万と平松を見ると、

「ようよう、お姐さん。色男と一緒に、舟遊びかい？」

と、一人が、からかった。

小万が、無視していると、男たちは、今度は、平松にからんできて、

「どこのお兄さんか、知らないが、こんな綺麗なお姐さんは、あんたには、不相応だな」

と、いった。

そんな男たちに、向かって、平松は、ニコニコしながら、

「君たちも、そう思うかい？　僕も、そう思っているんだ。このお姐さんは、僕の先生でね」

「先生って、何の先生だ？」

「それがさ、おかしな、いい方なんだが、京都で、粋《いき》な遊びを教えてもらおうと思っていてね。その先生なんだ。だから、先生を、大事にしなくちゃね」

と、呑気なことを、いっている。

小万の見たところ、五人の男たちは、何か因縁をつけて、小遣いを、稼ごうとしているのだ。それが、わかるから、呑気な平松の態度が、気になって、仕方がない。相手にしなければいいのにと思っているのに、平松は、呑気に、そんな連中の相手を、している。

男たちの一人が、

「京都の遊びを、勉強したかったら、俺たちが教えてやるよ」

と、いった。

平松は、

「本当に、教えてくれるの？」

と、応対して、しまっている。

小万が、平松の、背広の袖を、引っ張るのだが、その合図が、わからないらしくて、

「どんな遊びを、教えてくれるんだ？」

と、相手をしている。

「そうだな。まず、遊びの授業料として、いくらか、貰おうか」

と、一人が、いった。

二十歳丁度くらいの男で、小万は、その男を、どこかで、見たことがあった。

確か、祇園で有名な、天ぷら屋に、お客と一緒に行った時、そこにいた男だった。暴走族上がりで、祇園のクラブなどで、バーテンなどを、やっているらしいが、本業が何なのかわからない。

平松は、手に持った、ボストンバッグを、前に置くと、

「授業料って、いくら払えばいいの？」

と、いった。

「そうだな。相場は、これだね」

と、いって、相手は、指を一本、目の前に立てて見せた。

「そのぐらいで、いいのか」

と、いってから、平松は、ボストンバッグの中から、無造作に、百万円の札束を、取り出して、

「ほら、これでいいだろう」

と、いいながら、男の手の上に乗せた。

逆に、男は、ビックリした顔になって、

「これ、百万円か？」

と、ちょっと、声が震えた。

どうやら、男は、一万円ぐらい、せしめようと、思っていたらしい。

「それで、足りなかったら、いってくれ。もっとはずむよ。その代わり、本当に面白い遊びを、教えてくれなきゃ、困るよ」

と、平松は、いった。

男は、その百万円の札束を持ったまま、考え込んでしまった。その金を持って逃げるわけには、いかなくなったという顔で、

「そうだな。今すぐには、教えられないけど、夜になったら、教えてやるよ。電話をして

くれれば、面白いところに、連れていってやる」

と、いった。

「夜になってからだね。どこへ、電話すれば、いいんだ？」

と、平松が、いう。

男は、自分の携帯を、取り出して、その番号を、平松に教えてから、

「ここに電話してくれればいい。夜の十時過ぎがいいなあ。そうしたら、いいところに、連れてってやるよ」

と、いった。その後、ほかの四人を促して、早々に、立ち去ってしまった。

小万は、呆れた顔になって、

「あんな連中に、百万円もあげるなんて」

と、いった。

「いいじゃないか。今夜、面白い遊びを、教えてくれるんだ」

と、いった。

「本当に、そう思って、はるんどすか？」

と、まだ、呆れた顔で、小万が、きいた。

「そうさ。人間は、人を、信用しなくちゃ。特に、僕は、京都が、初めてだからね。京都の人間は、信用することに、しているんだ」

と、呑気に、平松は、いった。

ボートに乗ってからも、小万は、気になって、

「あのねえ、平松さん。あまり、人を信用したら、いけまへん」

と、いったが、平松のほうは、まだ、

「明日になったら、今夜の報告を、君にするよ。どんな面白いところに、連れていってくれたか、話してあげる」

と、いっていた。

その日の夜、小万は、お座敷に、出てからも、平松のことが、気になって、仕方がなかった。

あの五人は、どう見ても、この京都では、悪い連中だと、思っている。たぶん、百万円もらったままにしておいて、何もしないか、それとも、もっと、金をせしめようと考えて、変な場所に、連れていくかの、どちらかだろう。

どちらにしても、いいことはない。

そう思うから、心配なのだ。

十二時過ぎに、平松に、電話をしてみたが、まだ、帰っていないようで、電話に出ない。

小万は、ますます、心配になってきた。

眠れないままに、考え込んでいると、今度は、小万の電話が鳴った。

受話器を取ると、相変わらず、呑気な平松の声が、きこえてきた。

「今、帰って来ました。一応、報告をしなくちゃいけないんで」

と、いっている。

「ずっと、心配していたんどすえ。何があったんどす？」

と、小万が、きいた。

「あの連中ね。僕に、遊びを、教えてくれると、いっていた男がいたろう？　あの男ね、野村というんだが、今夜、妙なところに、連れていってくれたよ」

と、いう。

「どういうところどす？」

と、小万が、きくと、

「祇園にある七階建てのビルに、連れていかれてね。何でも、AKビルというらしい。そのエレベーターに、乗ったら、階数が五階までしかないんだ。五階に止まったら、今度は、エレベーターの中の電話を、取ってね。どこかに連絡していたら、その後、七階まで、上がっていった。そしたら、そこに、クラブがあってね。面白い女性が、いっぱいいた」

と、平松が、いった。

「AKビルに、お行きやしたのか？」

と、小万は、ちょっと、声が甲高くなった。

「あのビル、小万ちゃん、知っているの？」

と、平松が、きく。

「へえ。有名なビルどっさかいね。あの七階に行ったんどすか？」

「そうだよ。七階に、案内されたんだ。初めての客は、入れないらしいけど、あの野村という男のおかげで、入ることができた」

と、平松が、嬉《うれ》しそうに、いう。

「さぞ、綺麗なお姐さん方がいやはったんどっしゃろ？　それも、裸に近いかっこうで」

と、小万は、怒った口調で、いった。

「ああ、いっぱいいた。しかし、ちょっと、ガッカリしたな」

と、平松が、いった。

その言葉で、小万は、少しはホッとして、

「どうして、ガッカリしたんどす？」

と、きいてみた。

「ああいう女性が、いっぱいいるところは、東京にも、あるからなあ。確かに、みんな綺麗だし、楽しかったけど、僕が、これから勉強しようとしている、粋な遊びというのは、ああいう遊びじゃないんだ」

と、平松が、いった。

その言葉で、小万は、さらに、ホッとして、

「でも、たくさん、お金、取られたんどっしゃろ？」

と、きいた。

「そうでもないさ。ボストンバッグには、まだ半分以上、残っている」

と、平松は、呑気に、いった。

その口振りからすると、おそらくまた、百万円か、二百万円ぐらい、取られたのでは、ないか？　この後も、野村という男は、平松を、カモと見て、食いついてくるかも知れない。そのほうが、小万には、心配になってきた。

「もう、そんなところには、行っては、あきまへんえ。野村とかいう男とも、手を切っとくれやす」

と、小万は、強い口調で、いった。

「まあ、ああいうクラブは、そんなに、何回も行くところじゃないが、野村という男は、面白いよ。気がきいているし、いろいろなことを、知っている」

「そやさかい、あかん、ゆうてるんどす。ああいう男は、平松さんが、お金持ちのボンボンだと、わかって、これからも、いろいろといってきます」

と、いった。

「たぶん、そうだろうな。でも、今もいったように、なかなか、面白い男なんだ。それに、

はっきりと物をいうから、考えなくて、済むよ。何でも、お金で解決する主義らしいから、そのほうが、僕も、気が楽だ」

と、平松は、いった。

「本当に、野村という男が気に入ったのどすか？　それとも、ＡＫビルで、会った綺麗なお姐さんに、いかれたんどすか？」

と、小万は、きいてみた。少し、嫉妬も含まれている。

「いや、僕は、あくまでも、野村という男が、気に入ったんだ」

と、平松が、いう。

「でも、ＡＫビルのお姐さんたちも、気に入ったんどっしゃろ？」

と、小万は、癪《しゃく》に障ったから、しつこく、食い下がった。

「そんなふうに、いわれると、そういえば、あの女性たちも、綺麗だったなと、思い出してしまうよ」

今度は、平松が、からかうように、いった。

そのいい方が、癪に障って、

「勝手におしやす！」

と、いって、小万は、がちゃんと、電話を切ってしまった。

翌日、気が、くさくさするので、小万は、お気に入りの、エステに行ってみた。そうすれば、少しは、気が晴れると、思ったのだ。

一時間ほど、全身を、マッサージしてもらったあと、待たせておいた、タクシーに乗ろうとすると、急に横から、

「小万姐さん」

と、声をかけられた。

振り向くと、あの、小憎らしい、野村という若い男が、そこに、立っていた。

「何か、ご用どすか？」

と、小万が、睨んでやると、野村は、変に馴れ馴れしく、近寄ってきて、

「昨日の、小万姐さんの、あの、いい男ね。確か、平松といったっけ。あれ、なかなかの男だよ」

と、いった。

「そうどすか」

と、そっけなく、小万が、いうと、

「何しろ、気前がいいよ。今時、珍しいね。バブルの頃は、面白いところに、案内してやると、気のきいた、観光客なら、ポンと十万二十万の金を、寄越したらしいけど、今は、全然ダメだ。その点、あの男は、いきなり、百万円もの金を、くれたからね。ビックリし

た。いい男だ。小万姐さんも、いい男を、つかんだじゃないか」

と、野村が、いった。

「そんなことを、ゆうて、昨日も、平松さんから、大金をせしめたんどっしゃろ？」

と、小万が、いった。

「俺は、何も、いくらくれと、いったんじゃないよ。黙っていたら、あの平松という男がさ、〈授業料だ〉といって、また、ポンと、百万円くれたんだ。あの男、偉いんだか、バカなんだか、よくわからないね」

と、野村が、いう。

「そんな大金を、貰っておいて、バカだとは、どういうことどす？」

と、小万は、怒って、相手を、睨んだ。

「だから、気に入ったといっているじゃないか。でも、ひょっとすると、バカなのかも、知れないな」

と、野村は、いいたいことを、いった。

小万は、一層、平松が、この男に、合計二百万円も払ったことが、気になった。その金額よりも、どうして払ったのか理由が、気になったのだ。

ひょっとすると、ＡＫビルの七階にある、クラブの女の子に、いかれてしまったのかも知れない。

ＡＫビルの七階にあるクラブは、京都でも、綺麗な女性を集めて、客を楽しませる。その代わり、料金が高いことでも、有名なクラブだった。

その女性の中には、何人か、舞妓上がりもいて、小万の知っている女性もいる。だから、余計に、気になってきたのだ。

何といっても、あの平松という男には、頼りないところがあるから、ＡＫクラブの女たちに、いいように、してやられてしまったのかも、知れない。

「ねえ、野村さんといわはったかしら？」

と、急に優しい声になって、小万は、いった。

「ああ、俺は、野村だけど、それが、どうしたっていうの？　俺を口説こうと思ったたって、ダメだぜ」

と、野村が、おどけて、いった。

「昨日のことやけど、平松さん、あのＡＫクラブで、誰か、気に入った娘《こ》がいやはったのかしら？」

と、小万が、きいた。

野村は、ニヤッと笑って、

「小万姐さん、焼きもちか？」

と、いった。

小万は、野村の言葉が、少しばかり図星だったので、

「祇園の芸妓は、お客に、焼きもちなんか、焼きまへん。ただ、あの平松さんのことが心配やから、きいているだけ。だから、教えておくれやす。昨日、ＡＫビルのクラブで、好きな娘ができたんかしら？　もしそうやとしたら、誰かしら？」

と、きいた。

「そうだなあ。俺が見たところでは、香織ちゃんかな？」

と、野村が、いった。

「香織ちゃんって、どんな人？」

と、小万が、きく。

「どういったら、いいのかなあ。背が高くてさ、自分じゃ、スチュワーデスあがりだとい

っているけど、わかんないよ。売れないモデル出身だという人もいるからね。でも、色気があってさ、とにかく、美人だよ」

と、野村が、いった。

「その香織ちゃんのこと、平松さん、気に入ったんかしら？」

と、小万が、きいた。

「どうかなあ。気に入ったと思うけど、むしろ、香織のほうが、やたらに、あの男に、モーションをかけていたからね。電話番号を、きいていたよ。小万姐さんも気をつけたほうがいいなあ」

と、野村が、いった。

「祇園の芸妓というものは」

と、小万が、いいかけると、

「焼きもちは、焼かないんだろ？」

と、先回りして、野村は、笑った。

「もう、平松さんを、あのＡＫクラブには、誘わんといておくれやす」

と、小万は、いった。

「それは、困るなあ。あの男が行きたいといえば、俺は、いつでも、案内するつもりだよ。だって、人間の自由は、束縛できないからな」

野村は、気のきいたことを、いったつもりらしい。タクシーの運転手が、警笛を鳴らした。それで、仕方なく、小万は、タクシーに乗り込んだが、それでもやはり、平松のことが、心配で仕方がない。

タクシーの中で、小万の携帯に、電話がかかった。相手が平松なら、ＡＫクラブの香織という女のことをきいてやろうと思ったのだが、お茶屋の藤田の女将《おかみ》さんからで、

「さっき、平松さんから電話で、今日も、小万ちゃんと、ごはん食べに行きたいそうどすえ。どう返事したら、よろしおす？」

と、きく。

「平松さんが、そうゆうてはるのどすか？」

と、小万は、念を押した。

「ええ、そうどす。返事をお待ちやさかい、すぐに返事しとくれやす」

と、藤田の女将さんが、いった。

「どこに、ごはん食べに、行こうとゆうてはるのどすか？」

と、小万が、きいた。

「何でも、京都では吉兆しか知らんさかいに、そこに、ごはん食べに行きたいそうどすえ」

と、いった。

「じゃあ、女将《おかあ》はんから、平松さんに、六時になったら、吉兆でお会いしまひょと、そうゆうておくれやす」

と、小万が、いった。

「自分で、平松さんに、お返事すればええのに」

と、いって、女将《おかみ》さんは、電話を切った。

何となく、この時は、平松に、直接電話するのが、嫌だったのだ。電話をすれば、必ずきっと、ＡＫクラブの香織という女のことについて、きくことに、なってしまうだろう。

それを、焼きもちと、とらえられるのが嫌だったのだ。

それで、わざわざ、お茶屋の女将さんに、返事をしてもらうことにしたのだ。

それでも、平松が、また、ごはん食べに行こうと誘ってくれたことが、小万には嬉しかった。嬉しかったのに、どこか、嬉しがっている自分に、腹を立てていた。

マンションに帰って、化粧をしているうちに、また、香織という女のことが、気になって、今度は、自分から、お茶屋藤田の女将さんに、電話をかけた。

「女将《おかあ》はん、小万どすけど、ＡＫクラブの香織というホステスさんは、ご存じどすか？」

と、きいてみた。

「ＡＫクラブなら、何度か行ったことがあるけど、どうして、そこのホステスさんのことが、気になりますのんや？」

と、女将さんが、いう。

「うちの知っているお客さんが、あのクラブに行って、何でも、香織というホステスに、えらい目に遭ったというさかいに、お気の毒になって、どんな、ホステスなのか、調べようと思ったんどす」

と、小万は、嘘《うそ》をついた。

「そのお客さんって、誰どす？」

と、女将さんが、きく。

まさか、平松の名前は、出せないので、

「葛西の先生」

と、いった。

「あの弁護士の先生どすか？　あの海千山千の先生が」

と、藤田の女将さんは、ビックリしてから、

「じゃあ、調べておいて、今度来た時に教えてあげますさかいに」

と、いってくれた。

二日後に、他のお客のお座敷で、藤田に行くと、女将さんが、小万を階下に呼んで、

「あなたに頼まれた、香織というホステスさんのことやけど」

「何かわかりました？」

「別に悪いウワサは、何もない、ホステスさんどすえ」

嘘をついた後ろめたさがあるから、何となく、声が小さくなってしまう。さらに、藤田の女将さんは、

「それからなあ、葛西先生が、ひどい目に遭ったウワサも、全然、きかれしまへんえ」

「そうどすか。じゃあ、誰かと、間違えたんやろか」

と、小万は、とぼけた。それでも、平松のことが心配で、

「それにしても、女将《おかあ》はん、あのＡＫクラブというの、何か、いろいろと、ウワサを、きいてますけど」

「それは、私も、きいてますえ」

と、女将さんは、うなずいて、

「あのＡＫクラブのママさんなあ、いろいろウワサのあるお人どすし、それに、ママさんのパトロンというのが、怖いお人らしいどすえ」

と、いった。

小万も、ＡＫクラブのママの噂《うわさ》は、きいていたが、パトロンのことは、知らなかった。

「どんなお人どす？」

と、小万が、きくと、女将さんは、ちょっと、声を潜めて、

「あのママのパトロンは、五条実篤《さねあつ》さんなんどす」

と、いった。

小万も、びっくりして、

「あの五条実篤さんが、あのクラブのママのパトロンどすか？」

と、いった。

五条実篤というのは、いろいろと噂のある正体不明の男だった。

何しろ、京都は、千年の都である。

それだけに、街にも、人間にも、奥の深いところがあって、五条実篤という男もその一人だった。普段は、表には出てこないのだが、何か、京都で、大きな事件があると、急に、五条実篤の名前が、出てくる。

もちろん、事件の、犯人というわけではなくて、問題解決のために、力を発揮する、フィクサーとしての、名前である。

五条実篤という名前も、本名かどうか、わからない。経歴も、はっきりしない人間だが、それでも、京都の、あらゆる階層に、知り合いがいて、その人脈を、使って、大きな問題が起きると、裏で、動き回って、解決する力を持っている男だった。

小万も、お座敷で、会ったことがある。

六十代で、一見すると、温厚そうな、初老の男に見えるのだが、誰もが、この男のことを、頼りにすると同時に、怖がっていた。

その五条実篤が、AKクラブのママのパトロンというのは、本当なのだろうか？

「その話、本当どすか？」

と、小万は、念を押した。

「証拠は、ないけど、本当のことらしいどすえ」

と、いってから、女将《おかみ》さんは、急に、笑って、

「ああ、小万ちゃんの心配は、平松さんのことどすな？」

と、いった。

「そうどす、女将《おかあ》はん。あんなとこ、危ないから、お止《や》めなさいといってるんどすけど」

と、小万は、正直に、いった。

「やっぱりなあ。あそこの、ホステスの香織というのに、つかまったんは、葛西弁護士さんじゃなくて、本当は、平松さんのことなんでっしゃろ？」

と、女将さんが、また、笑った。

そこまでいわれてしまうと、小万も、正直にいわざるを得なくなり、

「そうどす。でも、今、女将はんから、香織というホステスは、心配ないといわれて、今度は、あそこの、ママさんと、パトロンの、五条実篤さんのことが、心配になってきてしまいました」

と、いった。

「そうどすなあ。確かに、あのクラブのママさんについては、いろいろと、怖いウワサをきいてまっさかい」

と、女将さんが、いう。

「どんな、怖いウワサどす？　女将はんは、どんな怖いウワサをきいてはるんどす？」

と、小万が、きくと、女将さんは、

「あのママさん、可愛い顔して、大人しそうやけど、いつやったか、お客の一人が、店のホステスに、ちょっと、イタズラしたらしいんどす。そしたら、あのママさんが、そのお客をつかまえて、脅かして、何百万もの、慰謝料を取ったんどすって。これは、公には、なってまへんのやけど」

と、女将さんが、いった。

「そのお客はん、よく、何百万円もの高い慰謝料を払いましたなあ」

と、小万が、感心すると、女将さんは、ニヤッとして、

「お客だって、ママさんが、怖いんやないと思いますえ。ママさんの、後ろにいる、五条実篤さんが、怖いんどす。私がきいたところでは、ママさんが、そのお客に対して、五条実篤さんの名前を出した途端に、お客のほうが、驚いてしまって、すぐ、何百万も、払ったそうどすえ」

と、いった。

小万は、香織というホステスのことは、心配で、なくなった。

しかし、それにも、倍して、ＡＫクラブのママや、その背後にいる、五条実篤のことが、心配に、なってきた。

何しろ、平松は、あのとおり、お坊ちゃん育ちで、無防備で、そのうえ、お金を持っていることを知られている。

とすると、ＡＫクラブのママや、五条実篤という男にとって、格好のカモではないだろうか？

「ちょっと、電話を、貸しておくれやす」

と、小万は、女将《おかみ》さんに、いった。

「小万ちゃん、上で、お客はんが、お待ちどすえ」

と、女将さんが、いう。

「わかってます。だから、五分だけ」

と、小万は、いい、店の電話を、借りると、それを使って、平松の持っている携帯に、かけてみた。時計を見ると、午後十時に近い。

「平松です」

と、相変わらず、のんびりした声が、きこえた。

「今、どこどす？」

と、小万が、きいた。

「今、どこと、いわれてもねえ」

と、平松が、困ったように、いう。

小万が、受話器を、耳に押し付けると、若い女の、はしゃいだ声が、聞こえてくる。

（ああ、やっぱり）

と、思いながら、

「また、ＡＫクラブに、お行きやしたんやなあ」

と、小万が、いうと、

「そうなんだよ。どうしても、来てくれと、いわれてね。ああ、そうだ。また、君と二人で、ごはん食べに、行きたいね。今度は何処《どこ》がいいかな？」

と、平松が、いった。

「そんなおべんちゃら、いわんといてください。とにかく、そのお店、危険どっさかい、早く切り上げて、お帰りやす」

小万は、まるで、弟を、しかりつけるように、いった。

「ここが、どう、危険なのかなあ？　危険だと、いわれると、かえって、興味を感じてしまうんだけど」

と、平松が、馬鹿みたいなことを、いう。

「そこにいると、いろいろと、難クセをつけられて、お金をたくさん、取られてしまいますえ」

「お金なら、今日また、一千万ばかり、オヤジに、送ってもらったから、大丈夫なんだ。遊ぶだけの軍資金は、たっぷりあるんだよ」

と、平松は、呑気に、いう。

「そんなことを、ゆうていたら、大変どすえ。とにかく、今日は、早くお帰りやす。帰ってからまた、私に、電話して、おくれやす」

と、いってから、

「その店の、ママさんに、お会いやした？」

と、小万は、きいた。

「さっき、挨拶してもらったよ。和服の似合う、きれいな、ママさんじゃないか。ああいうのをこまたが切れあがったというのかな」

と、平松が妙に古くさいことをいう。

「そのママさん、実は、怖いお人なんどすえ。バカをいっていると、今に、大変な目に、遭いますえ」

と、小万は、真剣に、いった。

「そうなのか。あのママさんは、きれいだが、怖い女性なのか。怖い女性というのは、君と同じで、魅力があるもんだね」

と、平松が、また、呑気なことを、いっている。

「とにかく、お帰りやす。そして、電話しておくれやす」

小万は、わざと、荒っぽく電話を、切ってしまった。

小万が、お座敷が、終わって、いったん、自分のマンションに帰ってから、もう一度、平松の携帯に、電話をかけた。もう十二時を過ぎていた。

少し間を、置いて、平松の声が、きこえた。

「春《しゅん》宵《しょう》一《いっ》刻《こく》価《あたい》千《せん》金《きん》だなあ。いい気持ちだ」

と、歌うように、いった。

「何を、ゆうてはるんどす。今、どこどす？」

と、小万が、きくと、急に、電話に女の声が入って、

「電話の相手は、焼きもち焼きの、小万さんどすか？」

と、若い女の声が、いった。

小万は、ムッとして、

「あんた、誰どす？」

と、きくと、相手が、

「ＡＫクラブの香織ですゥ。今、平松さんに、家まで送ってもらっているところですけ

ど」

と、ちょっと、酔った口調で、いった。

「平松さんを、出しておくれやす」

と、小万が、強い口調で、いうと、また、平松の声に戻って、

「これから、香織ちゃんの家まで、送っていくんだ。送ったら、すぐに帰るよ」

と、相変わらず、呑気なことを、いっている。

「今、どこどす？」

と、小万が、きくと、

「京都の地理には、詳しくないからなあ。香織ちゃん、今、どこだ？」

と、平松が、女に、きいている。

その後で、

「どうやら、平安神宮の近くらしいね」

と、いった。

それにかぶせるように、女の声が、

「今夜は、暖かいので、タクシーを降りて、私のマンションまで、平松さんに、送ってもらっているところです。送ってもらったら、ちゃんと、お返ししますから、どうか安心なさって」

と、香織が、いった。

その後、なぜか、急に、電話が、切れてしまった。

小万が、あわてて、もう一度、平松の携帯にかけてみたが、どうしたのか、相手は出ない。

何かあったのかも知れないと、小万は、不安になってきた。

その頃、疏水《そすい》の近くで、平松は、急に現れた、二人の男と、向かい合っていた。

暗いので、相手の顔は、よくわからないが、二人とも、屈強な身体つきに見える。

「黙って、金を出してもらいたいなあ」

と、一人が、いった。

平松と一緒にいた香織は、脅《おび》えて、彼の後ろに、隠れてしまった。

「俺たちは、女と、いちゃいちゃしているヤツを見ると、やたらに、腹が立つんだよ。金を出せば、見逃してやるぜ」

と、もう一人の男が、いった。

平松は、微笑して、

「金なら、いくらでも、やるけど、脅かされて、金を出すのは、嫌なんだ。あんたらが、何か、困っていることがあって、それで金が欲しいというのなら、出してやってもいいけど」

と、いった。

そのいい方に、相手は、ムッとしたのか、いきなり、男の一人が、平松に向かって殴りかかってきた。

平松が、相手の腕を、つかんだ。その強い握力に、相手の男が、悲鳴を上げた。

平松は、そのまま、相手の身体を、羽交い締めにすると、そばの疏水に、向かって、放り投げた。

平松は、そっと投げたつもりなのだが、男の身体が、軽々と、疏水の柵《さく》を越えて、飛んでいき、激しい水音を立てて、疏水に落ちた。

もう一人の男は、今度は、キラリと光るナイフを、取り出して、

「この野郎！」

と、いいながら、切りつけてきた。

平松は、それを、躱《かわ》しもせず、ナイフを持つ相手の腕を片手でつかんだ。

また、相手が、悲鳴を上げた。そのあまりの痛さに、男は、ナイフを落としてしまった。

平松は、その男の身体を、軽々と抱え上げた。

平松は、ラクビーの、スクラム練習で、毎日、一〇〇キロ級の連中と、押し比べをしていた。その練習に比べれば、こんな男たちなど、軽いものだった。

抱え上げたまま、疏水の鉄柵に、向かって軽く、放り投げる。

男の身体が、飛んでいって、鉄柵にぶつかり、鈍い音を立てて、その場に、崩れ落ちた。

もう、声も立てられずにいる。うめき声はあげているが、それが、声にならないのだ。

平松は、倒れた男には、目もくれず、暗い疏水のほうに、目をやって、

「さっきの男、大丈夫かな」

と、心配そうに、いった。

香織は、同じように、水面に、目をやって、

「あ、泳いでる。あの分なら、大丈夫や」

と、笑った。

その後で、

「平松さんって、強い方ね」

と、感心したように、いった。

平松は、照れて、

「ただのバカ力だよ。恥ずかしい」

と、いった。

「祇園の小万姐さんが、平松さんに、ぞっこんなのが、よくわかりましたわ」

と、香織は、いい、平松の腕を強くつかんだ。

四月一日から、都をどりが始まった。

四月一日から四月三十日まで、一カ月間の催しである。

一日四回の公演。

京都には、小万のいる祇園甲部のほかに、宮川町、先斗町《ぽんとちょう》、上七軒《かみしちけん》、祇園東の、五つの花街《かがい》がある。それぞれに、舞妓と芸妓がいるわけだが、名前を変えて、公演が、行われる。

祇園甲部は、京都では古い花街で、都をどりの第一回は、明治五年（一八七二年）に行われている。太平洋戦争で、中断されたこともあるが、それ以外は、毎年行われていて、すでに百回を、超えていた。

建仁寺《けんにんじ》の近くにある、歌舞練場が、その公演の舞台で、第一回が、十二時三十分から開かれるのだが、その前に、舞台の近くで、お客に、茶菓子が、振舞われる。

毎日、芸妓の誰かが、お茶を点《た》て、控えに回った舞妓が、そのお茶を、集まったお客に、配っていく。

贔屓《ひいき》の、芸妓なり舞妓が、お点前《てまえ》に出る日は、わかっているから、それ目当てに、公演を、見に来るお客が、いるくらいだった。

小万のお点前の日は、四月三日だった。もちろん、その日を、平松には知らせてある。

少し高い場所で、小万が、神妙に、お茶を、点てていると、ぞろぞろと、客が入ってくる。

いちばん前の席に、平松が、腰を下ろして、小万に向かって、ニッコリした。

小万も、微笑を、返そうとして、急に、その顔が、ムッとした表情に、代わってしまった。

平松の隣に、和服姿の、五十歳前後の女が、座っていたからだった。

その顔に、小万は、見覚えがある。ＡＫクラブのママの、中西恵子だった。

妙に、馴れ馴れしくしている、中西恵子にも、腹が立ったが、それ以上に、彼女と一緒に来た、平松に、腹が立った。

しかし、ここは、公式の場所だから、お点前を放り出して、逃げ出すわけには、いかなかった。それに、そんなみっともないことは、できない。

小万は、必死に、気持ちを、落ち着かせると、作法どおりに、お茶を、点てていった。

それを、舞妓の小鈴が、運んでいく。

それぞれの、お客の前には、皿に、茶菓子が、載っている。お茶を、済ませた後は、その皿を、持って帰ることが、できるのだ。都をどりのファンの中には、毎年、違う色の、その皿を、収集するのを、楽しみにしている人もいる。

お客の中には、お茶を点てている小万や、そのお茶を配る、舞妓の小鈴の写真を、盛んに撮っている人がいた。

携帯電話が、カメラにもなっているので、それで撮っている客もいる。カシャカシャと、その携帯のカメラの、シャッター音がきこえてくる。

小万は、お茶を点てながら、目の前にいる、平松とＡＫクラブのママの二人を、見ながら、あれこれ、考えていた。

腹立たしさが、不安に変わってくるのだ。心配になってくるのだ。藤田の女将さんから、ＡＫクラブのママの、怖さを、聞いていたからだった。

目の前の二人を見ていると、どう見ても、海千山千のママに、バカな平松が、手玉に、取られそうな気がして、仕方がない。

(あのニコニコ笑っている、平松のほっぺたを、思い切り、ひっぱたいてやりたい)

と、小万は、思った。

その時、ふいに、お客の間で、女の悲鳴が起きた。

一瞬、お茶を、点てている小万には、何が起きたのか、わからなかった。

そこには、三十人ばかりの、お客がいたのだが、その一角で、悲鳴が生まれたのだ。小万が、目を凝らすと、並べられた椅子に、腰を下ろしていた女性の一人が、うめき声を、上げているのが、見えた。女が椅子から転げ落ちる。

その周りにいた人々は、立ち上がって、騒いでいる。

都をどりの係員が、飛んできた。まだ、小万には、何が起きたのか、わからない。

そのうちに、

「救急車を、呼んでくれ！」

という、係員の大きな声が、響いた。

思わず、小万も、その場に、立ち上がっていた。

倒れていたのは、三十代の、着物姿の女性だった。

その場の騒ぎを、鎮めるように、係員が、客たちに向かって、

「これから、第一回の公演が、始まりますので、会場のほうに、行って下さい！」

と、大声で、叫んだ。

その声で、人々は、小声で話しながらも、渡り廊下を歩いて、都をどりの始まる会場のほうに、歩いていく。

残ったのは、倒れている三十代の女性と、その連れらしい、五、六人のグループの男女と、係員、他に、平松と、ＡＫクラブのママも、一緒に、その場に残っていた。

救急車が駆けつけ、救急隊員が、入ってきた。

倒れている女は、動こうとしない。

小万は、近づいていって、

「どうしたんどす？」

と、その場にいる人たちに、きいた。

控えの舞妓の小鈴は、青い顔で、立ち尽くしている。

「急に、この人が、倒れてしまったんです。何が起きたのか、よくわからないんですよ」

と、倒れている女と、同じグループらしい人たちが、口々に、いう。

救急隊員が、その人たちを、押しのけるようにして、倒れている女に、顔を近づけていった。

「何かの、病気ですか？」

と、会場の係員が、救急隊員に、きく。

「わからないな。心臓発作かも知れないしね」

と、その救急隊員が、いった。

平松が、担架の上に、乗せられた女に、近づいていき、のぞき込んで、

「病気じゃないな。毒物中毒じゃないのか？」

と、いった。

「これから、病院に運びますから、邪魔をしないでください」

と、救急隊員が、突き放すようにいい、担架に乗せて、女を、会場から、運び出していった。

彼女の連れの男女も、救急隊員と一緒に、その場を出ていった。

後に残ったのは、会場の係員と、小万と、それから、舞妓の小鈴、それに、平松とＡＫ

クラブのママだけになった。

何か、気まずい空気に、なっている。

そんな重苦しい空気の中で、平松が、大きな声を出して、

「ひょっとすると、あれは、青酸カリだよ。甘い匂《にお》いがした」

と、いった。

小万は、その言葉に、ビックリして、

「青酸カリって、ホントどすか？」

と、きいた。

「間違いないと、思うね。青酸カリで、自殺した人間を知っているが、その時、亡くなった男の口の近くで、アーモンドの甘い香りがした。今、それと、同じ匂いがしたんだ」

と、平松が、いった。

「大変なことになったわ」

と、クラブのママの、中西恵子が、ジロリと、小万を見た。

「何が、大変どす？」

と、小万は、負けずに、恵子を睨んだ。その顔を、また、睨み返すようにして、

「今のお客、あなたの点てたお茶を飲んで、倒れたんですよ。もし、これが、青酸カリのせいやったら、あなたが、責任を取ることになるんと違います？」

と、恵子が、いった。

「そんな、バカな！」

と、思わず、小万が、大きな声を、出した。

会場の係員は、そんな、二人のやり取りを、黙って、きいていたが、小万たちを見回すと、

「申し訳ありませんが、ここにいる方たちは、参考人として、しばらく、ここに、いていただけませんか？　今、こちらの人が、いったように、これが、青酸中毒かなんかだったりすると、警察沙汰《ざた》に、なりますからね。その時、皆さんで、見たことを、証言していただきたいんですよ」

と、いった。

「私は、構いませんよ」

と、ＡＫクラブのママが、ちらりと、小万を見て、いった。

「もちろん、うちも、ちゃんと、証言しますえ」

と、小万も、負けずに、いった。

「それから、倒れた方の飲んだ茶碗も、菓子皿も、ちゃんと、保管しておいたほうが、いいでしょうね」

と、係員が、いった。

もう舞台のほうでは、都をどりが、始まっていて、そのお囃子《はやし》の音や、お客の拍手が、きこえてくる。

しかし、こちらにいる小万と、クラブのママの方は、黙って、睨み合っていた。

平松は、小万に向かって、

「小万ちゃんたちは、今日の公演には、出なくていいの？」

と、きいた。

「今日の出番は、うちも、小鈴ちゃんも、ないんどす」

と、小万が、いった。

程なく、パトカーが、やってきて、警官が、会場に入ってきた。

警官の一人が、

「責任者は、誰ですか？」

と、きき、係員が、手を挙げると、

「ここから、運ばれていった女性が、病院で、亡くなりましてね。殺人の疑いもありますので、調べなければなりません」

と、いった。

その言葉を、証明するように、続いて、五、六人の刑事が、入ってきて、小万たちを、取り囲んだ。

「あなたたちが、目撃者ですね？」

と、刑事の一人が、きく。

「そうどす。うちが、お茶を点てている時、その席にいた、女のお客さんが、急に、倒れてしまわはったんどす。それで、救急車が、呼ばれて、運ばれていかはったんどすけど、本当に、あの方、亡くなられたんどすか？」

と、小万が、きいた。

「亡くなりましたよ。医者の話では、青酸中毒でね。あなたのお名前は？」

と、その刑事が、きいた。

「小万どす」

と、小万が、答える。

「あなたの点てた、お茶を飲んで、亡くなったんですか？」

「うちは、ほかのお客さんにもお茶を点てましたから、うちのお茶で死なはったとは、とても信じられまへん」

と、小万は、いった。

「彼女が使った茶碗と、食べたお菓子は、どこですか？」

と、もう一人の刑事が、きいた。

係員が、保管しておいた、茶碗と菓子皿と、少し食べ残している饅頭《まんじゅう》を、その刑事に、差し出した。

鑑識という、腕章をつけた係官がやってきて、その茶碗や菓子皿や、食べ残しの饅頭を、ていねいに、ビニールに包んで、持ち去っていった。

「では、ここで起きたことを、最初から話してもらえませんか？」

と、この場のリーダーらしい刑事が、いった。

それに、小万が、答える。

「うちは、お点前の責任者なので、朝からここで、お茶を、点てていました。時間が来て、お客さんが、入ってきました。三十人くらいどすかなあ。うちがお茶を点てて、小鈴ちゃんが、そのお茶を、運んでいくんどす。お客さんが、カメラで、写真を撮ったりしていた時、突然、悲鳴が上がって、お客さんの一人が、倒れたんどす。うちには、何が起きたんか、わからしまへんどした」

と、小万が、いった。

「死んだのは、どこの人ですか？」

と、平松が、刑事にきいた。

「東京から都をどりを見に来た、五人のグループの中の一人でね、名前は、山本真理さんです。昨日、市内のホテルに泊まって、今日は、朝から、歌舞練場に、都をどりを見に来たんですよ」

　と、刑事が、答えた。

「東京の方ですか」

　と、平松が、いうと、刑事が、

「亡くなった方は、あなたの、お知り合いですか？」

　と、きいた。

　平松は、あわてて、手を横に振って、

「いや、まったく知らない人ですが、僕自身、東京の人間ですから」

　と、いった。

「あなたも、東京の人間？」

　と、刑事が、確かめるように、いう。

「そうですが、京都に、一年間滞在するつもりで、今は、市内にマンションを借りて、住んでいます」

　と、平松が、いった。

「この人は、関係ありまへんえ」

　と、小万が、いった。

　そんな小万に、向かって、刑事が、

「この東京の人は、あなたの、お知り合い？」

と、きいた。

「ええ、知り合いどす」

と、小万は、そばに、ＡＫクラブのママの中西恵子が、いるので、胸を張るようにして、いった。

「この平松さんとは、仲良くしてもうて、いるんどす」

と、いうと、中西恵子も、負けない顔で、

「うちのクラブでも、平松さんは、いいお得意さんで、ここ二、三日続けて来ていただいているんですよ」

と、いった。

中年の刑事は、皮肉な目を、平松に向けて、

「どうやら、やたらに、おモテになっているご様子ですな」

と、いった。

平松は、苦笑して、

「いろいろと、京都の、遊びについて、教えてもらっているんです」

と、いった。

「それはまた、いいご身分ですねえ。うらやましいかぎりだ」

と、刑事は、今度は、はっきりと、皮肉の調子で、いった。

その後で、その刑事は、

「今回のことは、殺人事件に、発展するかも、知れませんので、ここにいる皆さんの、住所と名前を、きいておきたい。それに、参考人として、お話をきくことになるかも、知れません。その時は協力をお願いします」

と、いい、一人一人、名前と住所を、手帳に、書き留めていった。

その日の夕刊に、この事件が、大きく報道された。

〈都をどりの会場で、観客の一人が、不審死！〉

と、見出しが、躍っていた。

記事の内容は、こうだった。

〈都をどりの三日目。四月三日の十二時近く、会場の歌舞練場で、芸妓から、お茶の接待を受けていた、東京からのお客の山本真理さん、三十歳が、お茶を飲んだ直後に、突然、苦しみ出して倒れ、救急車で、五条にある、病院に運ばれたが、亡くなった。

司法解剖したところ、胃の中から、お茶と青酸カリが、検出されたことから、青酸カリによる窒息死と判明した。

警察は、事件と事故の、両面から、この事件を、調べることにしている〉

そして、名前は伏せられていたが、お点前の小万と、お茶を運んだ、舞妓の小鈴、その場に、居合わせた平松と、ＡＫクラブのママの中西恵子の、証言が載っていた。

夜になって、新聞記事を、読んでいた平松のところに、電話がかかった。てっきり、小万かと、思って、

「今日は、大変だったね」

と、いうと、男の声で、

「私だよ」

と、父の慎平が、いった。

「何か、用なの？」

と、平松が、きくと、

「今日、京都の都をどりの会場で、人が一人、死んだそうだね」

と、父が、いった。

「ああ、僕も、たまたま、その場に居合わせたんだが、オヤジはなぜ、このことで、電話をしてきたんだ？」

と、平松が、きくと、

「実は、亡くなった、山本真理さんだがね。新宿で、洋品店をやっているんだが、うちの製品を、販売してくれている。つまり、お得意の、店の奥さんなんだよ」

と、慎平が、いった。

「驚いたな。それは、知らなかったよ」

と、平松は、いった。

「それにもう一つ、ちょっとした、因縁があってね」

と、慎平が、いった。

「どんなこと？」

「実は、うちの製品を、売ってくださっている全国の、販売店の中から、成績のいい店に、お礼の意味で、京都の都をどりに、招待することにしたんだ。それで、山本さんも、彼女の店で働いている従業員と一緒に、昨日から都をどりに行ってもらったんだよ。つまり、うちが招待したわけだ」

と、慎平が、いった。

「どうして、オヤジが、そんなことを、考えたんだ？」

と、平松が、きくと、

「お前が、京都に行っているんで、そこからの連想なんだよ。京都の都をどりに招待すれば、喜んでいただけると思って、企画したんだ。それで、わざわざ京都へご招待したのに、こんなことになってしまって、私としても、困っているんだよ」

と、父親の慎平が、いった。

「なるほどね」

と、平松は、うなずいてから、

「何か、わかったら、すぐに、知らせるよ」

と、いって、平松は、電話を切った。

翌日、小万と、約束をしていたので、平松は、都をどりが終わった時刻に、小万を今度は、たん熊に連れていった。

小万は、機嫌が悪かった。

「あれだけ、あのクラブもママも、あぶないと注意しているのに、なぜ、喜んで、お行きやすの？」

と、食事の途中で、小万は、きいた。

「君にそういわれても、あの店は、なかなか面白いんだ。ママも、面白いし。ああ、それから、向こうで、いつかの、葛西という弁護士さんに会ったよ」

と、平松が、いった。

「あの先生だって、油断なりまへんえ」

と、小万が、いった。

「確かに、何か、油断の、ならない弁護士さんだが、それは、それで、面白いじゃないか。あの先生と、ママに、店の中の特別室に、連れていって、もらったよ」

と、平松が、いった。

「特別室って、どんなところどす？」

と、小万が、きいた。

「何でも、あのクラブに来る、ＶＩＰの客を、入れるらしいんだが、豪華なソファーが、置いてあったり、カラオケの設備もあるし、麻雀《マージャン》卓もあったよ。ママが、親しい客だけを、その部屋に入れて、遊ぶらしい」

「あなたも、その、特別室に入る資格を、もらって、嬉しかったんどすか？」

と、小万が、皮肉をきかせて、いった。

「別に、嬉しくはないが、まあ、とにかく、案内して、もらったということさ」

と、平松が、あっけらかんとして、いった。

「あのママの後ろに、五条実篤さんという、怖いお人がいやはりますけど、まさか、その人には、会っていないでしょうね？」

と、小万が、きくと、平松は、微笑して、

「それが、紹介されたんだ」

と、いった。

小万のほうは、ますます、心配になって、

「どんなふうに、紹介されたんどすか？」

と、きいた。

「今いった特別室で、だよ。ママと葛西弁護士に、案内されて特別室に入って、そこで、お酒を飲んでいたら、六十歳ぐらいの、恰幅《かっぷく》のいい、男の人が入ってきてね。『五条実篤です。よろしく』というんだ。妙な名前だなと思って、『お公家さんみたいな、名前ですね』といったら、『皆にそういわれるんですが、ひょっとすると、先祖は、京都の公家かも、知れません』といって、笑っていたよ」

　と、平松が、いった。

「その五条さんは、得体の知れない、お方どす。用心せんと、全財産、持っていかれますえ」

　と、小万が、いった。

「どんなふうに、怖いのか、一度、あの五条さんに、きいてみたいな」

　と、平松が、いった。

「アホなことを、考えんといて、おくれやす」

　と、小万が、あわてて、いった。

「京都には、いろいろな人が、いるもんだな。やっぱり古い都だ」

　と、感心したように、平松が、いっている。

「うちといると、そんなに、退屈どすか？」

　と、小万が、怒ったように、きいた。

「どうして、そんなことをいうの？」

「だって、そうどっしゃろ。うちといると退屈やから、あのAKクラブに、行ったり、ママに会ったり、香織というホステスと、会ったりするんどっしゃろ？」

と、小万が、いった。

「そんなことは、ないさ。君だって、いったじゃないか。いろいろな、人に会って、京都の遊びを、勉強しなさいって。その君の言葉にしたがって、京都の遊びを、体験しているんだ」

と、平松は、いった。

そのいい方が、小万には、また、腹が立ってしまうのだ。

「うちは、祇園の芸妓やさかい、焼きもちを焼くのは、みっともないことやと、知ってるんどすけど、平松さんを、危険な目に遭わせとうないんです。これ、焼きもちと違いますえ」

と、小万は、いった。

それでも、自分のいったことに、自信がなくなっている。

焼きもちではないといったが、焼きもちかも、知れなかった。

小万は、手を叩いて、仲居さんを呼ぶと、

「今夜、酔いたいので、お酒を持ってきとくれやす」

と、いった。

仲居が、楽しそうに、どんどんお酒を持ってくる。

平松が、心配して、

「明日も、都をどりがあるんだろう？　あまり、酔わないほうが、いいんじゃないの」

と、いうと、小万は、きっとした顔になって、

「酔っ払ったって、明日の舞台には、支障なんてあらしまへん。それよりも、ＡＫクラブの香織ちゃんは、ちゃんと、送ってったんやないのどすか？　今日、うちが酔っ払ったら、香織ちゃんと同じように、ちゃんと、送っておくれやす」

と、小万は、からむように、いった。

「もちろん、小万ちゃんだって、ちゃんと送っていくさ」

「うちのマンションまでどすえ。ちゃんと、送っておくれやすか？」

「ああ。君が酔っ払ったら、君のマンションまで、きちんと送っていくよ」

と、平松は、いった。

小万は、

（今日は、思いっきり酔っ払って、平松に、送らせてやろう）

と、思ったのだが、そう思うと、かえって酔えなくなってしまった。

翌日は、少し悪酔いしたのか、都をどりに出ていても、少しばかり、頭が痛かった。

それでも、ほかの二人の芸妓と、三人の舞妓と六人で、「紅葉《もみじ》の錦　浄瑠璃寺」という

長唄で、舞を舞った。

京都の加茂町にある、浄瑠璃寺は、九体の阿弥陀如来が、奉られていて、秋の紅葉の頃になると、人々が、その紅葉を愛《め》でに、集まってくる。

舞台には、浄瑠璃寺の、紅葉の景色が、描かれていて、その前で、三人の芸妓と、三人の舞妓が、長唄に合わせて、舞うのである。

〽山路来て　衣ゆかしや　萩の花　露の玉置く　浄瑠璃寺　薬師の仏　ひんがしの――

と、長唄があって、それに合わせて、小万たちが、舞っていく。

それが終わって、楽屋で、一息ついていると、急に、係の人に呼ばれた。

楽屋を出ると、そこに、いつか会った、刑事が二人、立っていた。

「小万さんに、ちょっと、ききたいことが、あってね」

と、年長の刑事が、いった。

「なんどすか？」

と、小万は、きいたが、何か、嫌な予感がした。

「実は、例の、亡くなった山本真理さんの、飲んだお茶のことですが。あのお茶碗に、残っていた少量のお茶からも、青酸カリが、検出されました」

と、刑事が、いった。

「それって、うちが、疑われてるんどすか？」

と、小万が、きいた。顔色が、変わっている。

「まあ、あなたが、青酸カリを、お茶に入れて、飲ませたとは、思っていませんが、そういう結果が出たので、一応、あなたの話を、ききたくてね」

と、刑事が、いった。

「どんな話どす？」

と、小万は、身構えて、刑事二人に、きいた。

「これは、念のために、ききますが、亡くなった山本真理さんとは、知り合いじゃ、なかったんでしょうね？」

と、刑事が、きく。

「もちろんどす。あの時、初めて、お会いしたお方どすえ。第一、うちは、東京に行ったことが、あらしまへん」

と、小万が、いった。

「もう一つ、青酸カリを、持っていたことが、ありますか？」

と、もう一人の刑事が、きいた。

「そんなアホな。そんな物騒なもん、手にしたことなんか、ありません」

と、小万は、強い口調で、いった。

それだけきくと、刑事二人は、帰っていったが、小万のほうは、怒りが、収まらなかった。

確かに、あの会場で、一人の女性が、死んだのは間違いないが、なぜ、警察は、自分のことを、疑うのだろうか？　それが、無性に腹が立つ。

小万が、点てたお茶を、飲んで、死んだのだが、しかし、ほかの人たちも、同じように、小万の点てたお茶を、飲んでいる。

その人たちは、死んでいないのに、どうして、自分が、疑われてしまうのか？　そういう疑いをかける、京都府警の刑事に、腹が立って仕方がない。

その一方で、どうして、あんな事件が、起きたのだろうか？　そのことも、不安になってくる。

小万は、今までに、自分の近くで、死んだ人を、見たことがなかった。それだけに、気持ちが悪いのだ。

いつも、楽天的で、元気のいい小万だが、今度ばかりは、元気がなくなっていくのを感じた。

その夜、お座敷が、かかったが、頭痛がするといって、断ると、相手は、お茶屋藤田の女将さんで、

「そんなこといわんと、来ておくれやす。今日のお客さんは、あの平松さんどすえ」

と、女将さんは、いった。

「それなら、すぐ寄せてもらいます」

と、急に、小万は、元気になって、タクシーを呼んだ。

お茶屋藤田に行って、平松に会うと、

（楽しくやらなければ）

と、思いながらも、つい、

「平松さんに、きいてもらいたいことが、あるんどす」

と、いってしまった。

そして、今日、刑事が来て、いろいろと、きかれたことをいうと、平松も、肯《うなず》いて、

「実は、今日、僕のところにも、京都府警の刑事が、二人やってきたんだ」

と、いった。

「まさか。平松さんも、疑われてるんどすか？」

と、小万が、驚いて、きくと、

「いや、僕が、疑われているわけじゃない。君との関係を、きかれた」

と、平松が、いった。

「君の点てたお茶で、死んだことに、刑事たちが、こだわっていてね。それで、僕に、君

のことを、根掘り、葉掘り、きくんじゃないのかな」

と、平松が、いった。

「そうどす。うちのことを、疑ってるんどす。それが、悔しくて悔しくて」

と、小万が、いった。

疑われていることが、恐ろしくは、ないのだが、悔しいのだ。

「それで、平松さんは、どう答えておくれやした？」

「どうって？」

と、平松が、きく。

小万は、苛立《いらだ》つ、表情になって、

「だから、うちと平松さんとの関係を、きかれたんどっしゃろ？　うちのことを、どうゆうておくれやしたか、それがききとうて」

と、いった。

「普通に、いったよ。君は、優しい人で、僕に、京都での、本当の遊びを、教えてくれている、まあ、お師匠さんみたいな人だとね」

「お師匠さんどすか？　そんないわれ方、気に入りまへん」

と、小万は、わざと、すねたような口調になって、いった。

「じゃあ、何と答えたら、よかったんだ？　それを教えてくれ。今度、警察にきかれたら、そのとおりに答えるから」

と、平松のほうも、意地悪く、きく。

「そうどすな。俺のいい人とでも、いっておくれやす」

と、小万は、いい、急に、照れたような顔になった。

　ＡＫクラブのママの、中西恵子が、平松のマンションに、顔を出した。

「ちょうど、この近くに、寄ったものですから、ちょっと、どんな具合か、お顔を、拝見したくって」

と、恵子は、ニッコリして、挨拶し、それから、

「これ、三嶋亭《みしまてい》のお肉ですから、お召し上がりになって」

と、差し出した。

ちょうど、昼寝をしていたところなので、パジャマ姿で、応対に出た平松は、

「どうも、こんな格好で、申し訳ない。お肉ですか。これは、ありがたい」

と、いった。

「平松さんは、独身だから、おそらく、食べ物のことで、苦労していると思って、三嶋亭

って」

と、恵子が、いう。

小万は、いつも、京言葉というよりも、祇園言葉で、話すが、このクラブのママの恵子は、京都弁と、標準語を、使いわけている。

平松のような、東京の人間には、標準語を使い、京都弁が必要な時は、京都弁を使う。平松に対しても、少し、甘えたような、感じの時には、柔らかい、京都弁を使うことが多いのだ。

小万にいわせると、

「あのママさんは、使いわけて、ずるいんどすえ。男の人に甘える時は、京都弁なんやから」

と、いっている。

平松は、パジャマ姿なので、相手を、部屋に入れていいものかどうか、迷っていると、恵子は、あっさりと、

「今日は、これで、失礼します。また、店のほうに、遊びに来てくださいね」

と、いって、帰っていった。

平松は、何か、拍子抜けした感じで、もらった牛肉の包みを、取りあえず、冷蔵庫に入

れておいた。

その夜、野村が、誘いに来たので、平松は、お礼の意味も込めて、ＡＫクラブに、遊びに出かけた。

ホステスの香織を、相手に飲んでいると、弁護士の葛西が、近寄ってきて、

「ちょっと、お話があるんですがね」

と、いった。

平松がついていくと、葛西は、例の別室に連れていってから、

「今日の午後、ママさんが、そちらに、顔を出したでしょう？」

と、きいた。

「ええ、わざわざ、肉を持ってきてくれたんですよ。〈すき焼きでもして、食べなさい〉っていってね。ありがたかったですよ」

と、平松が、いうと、

「その件で、ママさん、ちょっと、ガッカリしていましたよ」

と、葛西が、いった。

平松は、訳がわからなくて、

「それ、どういうことですか？」

と、きいた。

「ママさんは、お肉を、平松さんに、プレゼントする時、三嶋亭の肉と、いっていませんでしたか？」

と、葛西が、いった。

「そういえば、何か、店の名前をいっていましたね。それが、どうかしたんですか？」

平松は、まだ、訳がわからなくて、葛西の顔を見た。

「京都というのは、ブランドの街なんですよ。何かにつけて、ブランドが、モノをいうんです」

と、葛西が、いった。

「それは、小万ちゃんからも、きいていますが」

と、平松は、いったが、まだ、相手が、何をいおうとしているのか、意味が、飲み込めない。

「今いったように、京都は、ブランドの街ですから、食料品についても、いろいろと、ブランドがあるんですよ。それを知っていないと、京都で、生きていくには、ちょっと不便だから、お教えしますが」

と、葛西が、もったいぶって、いった。

「ぜひ教えてください」

と、いって、平松は、手帳を取り出した。

「手帳に、どうするんです？」

「葛西さんに、教えてもらったことを、手帳に書いておこうと、思いましてね。京都で暮らし始めてから、まだ一カ月ほどしか、経っていないから、今は、何でも、勉強なんですよ」

と、平松は、神妙に、いった。

葛西は、微笑して、

「じゃあ、一応の目安を、いいましょう。もちろん、その店が、最高というわけではなくて、ほかにも、いい店は、ありますが、一応の目安です。いいですか、肉は、三嶋亭、豆腐は、森嘉《もりか》、鯖《さば》姿寿司は、いづう、ニシンそばなら、松葉《まつば》、スッポンなら、大市《だいいち》、菓子なら、鶴屋《つるや》吉信《よしのぶ》、くずきりなら、鍵善《かぎぜん》、樽や桶《おけ》を注文したいなら、たる源がいいですね。まあ、ざっとこんなところです」

と、葛西は、一気にいって、笑った。

「すいませんが、もう一度いっていただけませんか？　早すぎるんで、途中ちょっと、書き落としました」

と、平松は、申し訳なさそうに、いった。

葛西は、

「じゃあ、もう一度、いいましょう」

と、いって、歌うように、

「肉なら、三嶋亭、豆腐は森嘉、鯖姿寿司なら、いづう、ニシンそばなら、松葉、スッポンなら、大市」

と、いっていく。

平松は、それを、懸命に、手帳に書き留めてから、

「今教えていただいたことと、ここのママさんが、ガッカリしていることとは、どう、関係しているんでしょうか？」

と、平松は、きいた。

「まだ、わかりませんか？」

「ちょっと、わからないんですが」

と、平松が、いうと、

「いいですか、ここのママさんは、あなたに、おいしい、お肉を食べさせてあげようと思って、わざわざ、三嶋亭に、寄って、高い肉を、買って持って、いったんですよ。だから、あなたに、お肉を渡す時、〈これは、三嶋亭のお肉ですから〉と、言ったんです。それだけ、ママさんは、あなたに、気を遣ったということですよ。それなのに、あなたが、〈ああ、肉ですか〉とだけ、いって、あっさりと、受け取ってしまったものだから、ママさんは、ガッカリしたというわけですよ」

「なるほど、それは、申し訳ないことをしました」

と、平松は、いい、

「こんな場合、こちらとしては、どのように対応したらいいんですか？　教えてください」

と、きいた。

「普通の京都人ならば、あの店の肉がいい高い肉だということを、知っていますからね。その肉をわざわざ、買ってきてくれたということで、大いに、感謝しますよ。わざわざ、三嶋亭のお肉を、買ってきていただいて、ありがとう、それぐらいの挨拶は、すると思いますがね」

と、葛西が、いった。

「そうですか。大変、勉強になりました。これから気をつけましょう」

と、平松は、明るい顔で、いった。

その後で、

「これから、どうしたら、いいでしょうかね？　あなたから、きいたといって、ママさんに、御礼を、言いにいったら、わざとらしいでしょうし、こういう場合、京都人だったら、どう対処するんですか？」

と、平松が、きいた。

「そうですね、何ともいえませんが、私だったら、こうするというのを、お教えしましょうか」

と、葛西が、いった。

「ぜひ、それを、教えていただきたい。お願いします」

「私なら、もう、肉のことは、口にしないで、こちらから、何か、ママさんの気に入りそうな、ブランド品を、プレゼントしますね」

と、葛西は、いった。

「しかし、そういわれても、どんなものを、ママさんが、好きなのか、僕には、わかりませんが」

と、平松は、いった。

「ここのママさんは、ああ見えても、骨董《こっとう》品を、集めているんですよ。特に、陶器類には、目がなくてね。いい品物があると、よく、買っています。それを、あなたが選んで、何気なく、プレゼントしたら、どうでしょうか？」

と、葛西が、いった。

「しかし、僕は、骨董品、特に、陶器については、全くわからないんですよ。何百万円もする茶碗も、五百円の茶碗も、同じように、見えますから」

と、いうと、葛西は、笑って、

「河原町三条に、Ｓ堂という、京都でも、指折りの、骨董品の店が、あるんです。その店の主人に話せば、適当な品を、選んでくれるはずですよ。私からも、電話をしておきますから、その店に寄って、ご覧になったらいかがですか？　そこの主人は、ここのママとも取引があって、ママの好みも、よく知っていますから」

と、葛西が、教えてくれた。

「どのくらいの、値段のものを、贈ったら、いいでしょうかね？」

と、平松は、きいた。

「そうですね。ママは、贅沢《ぜいたく》な人だから、最低でも、百万円ぐらいはする、品じゃないと、ありがたがらないかも、知れないですよ」

と、葛西が、いった。

翌日の午後、平松は、葛西に教えてもらった、河原町三条のＳ堂という、骨董の店に、行ってみた。

かなり大きな店である。京都のほかの店と同じように、その店も、店の中は、静かである。

平松が、入っていくと、店の奥にいた、五十年配の和服姿の男が、小声で、

「いらっしゃい」

とだけ、いった。

店の主人は、そのまま、黙っている。別に、愛想がいいわけではない。

仕方なく、平松のほうから、

「実は、弁護士の葛西さんから、紹介されたんですが」

と、いうと、急に、ニッコリして、

「ああ、さきほど、葛西先生から、お電話がありましたよ。あなたが、平松さんですか？」

「そうです。実は、ご主人に、お願いがありまして」

と、平松が、いった。

「その件も、葛西先生から、きいていますよ。何か、ＡＫクラブのママさんに、贈り物をしたいとか？」

「そうなんです。ママさんに、失礼なことを、してしまいましたので、そのお詫《わ》びに、陶器を、贈りたいんですよ。何でも、あのママさんは、陶器が、好みだということで、何か、適当なものを、見せてもらえれば、ありがたいんですが」

と、平松は、いった。

「あそこのママさんには、うちも、ご贔屓にしていただいていますが、ああ見えても、なかなか骨董に詳しいんですよ。特に、陶器類がね。だから、うっかりしたものは、持っていけません」

と、主人が、いった。

「そういわれました。ですから、これならば、大丈夫というものを、見せて、いただけませんか？」

と、平松は、いった。

「ちょっと、待ってくださいよ」

と、店の主人は、いって、奥に消えると、小さな、桐《きり》の箱を、持って戻ってきた。

開けると、中から、直径十センチぐらいの、円形のきれいな、焼物が出てきた。

蓋《ふた》には、真っ白な菊の絵が入っている。

「これなぞ、どうでしょうか」

と、店の主人が、いった。

「何ですか、これは？」

と、平松は、わからないので、正直に、きいてみた。

「永楽《えいらく》保全《ほぜん》の吹上《ふきあげ》香合《こうごう》です」

「香合というと、ああ、お香を焚《た》くものですか？」

「あのママさんは、香道にも、秀でていましてね。お香を焚いて、当てるゲームなんかにも、あの人は、よく出席するんです。ですから、このお香の道具を、贈ってあげれば、喜ぶと思いますよ」

と、店の主人は、いい、その小さな焼物の裏を見せて、

「ご覧なさい。ここに、永楽の刻印があります。箱書きも、きちんとしたものですから、これなら、あのママさんも、喜ぶと思いますが」

と、勧めた。

「これ、いくらぐらいするものですか？」

と、平松が、きいた。

「そうですね。うちとしては、できれば、三百万の値を、付けたいところですが、あなたが、あのママさんの知り合いで、特別に贈りたいということならば、二百万円で、結構です」

と、店の主人は、いった。

「二百万円でいいんですか？」

と、平松が、いった。

「それで、お取引を、したいと思いますけど」

「それならば、現金を、持ってきているんです。どのくらい高いのか、わからないので、一応、五百万円、用意してきました。すぐここで、お支払いしますよ。じゃあ、この吹上香合を包んでください。ああ、そうだ、贈り物にするので、熨斗《のし》を、かけてもらえませんか」

と、平松は、いい、背広の内ポケットから、札束の入った、封筒を、取り出した。

店の主人は、ニッコリして、

「それでは、今すぐに、領収書を、書きますから」

と、いった。

その時、ふいに、近くで、

「この商売には、誠実さが第一」

と、いう、男の声がした。

平松が、ビックリして、声のしたほうを、振り向くと、傍《そば》で、小柄な、七十歳ぐらいの老人が、茶碗を、手に取って眺めている。

どうやら、その、小柄な老人が、声の主らしい。

平松が、構わずに、料金を、払おうとすると、また、

「この商売には、誠実さが第一。それに、損して得取れということを、ご存じかな」

と、老人が、いった。

誰に、いっているというのでもなく、独り言のようにも、きこえる。

店の主人が、露骨に、嫌な顔をして、

「後楽先生、余計なことを、いわないでください。商売の邪魔だから」

と、いった。

すると、小柄な老人は、初めて、店の主人と平松の顔を、見比べるようにして、

「商売だから、誠実第一。そうでっしゃろ？　欲張りは、いけまへんなあ」

と、いった。

店の主人は、相手を睨んで、

「後楽先生、今、私は、このお客さんと、取引を、しているんですから、傍から、妙なことを、いわんといてください」

と、いった。

老人は、ニコニコ笑いながら、

「私は、別に、あんたの邪魔をしているつもりは、ありませんよ。ただ、この商売は、正直が第一。変に欲張ると、碌《ろく》なことはない。そう、いっているだけですよ。それに、別に、あんたにいっているわけではない。自分に、いいきかせているんだ。その、どこが、悪いのかな？」

と、いった。

店の主人は、老人を、無視するようにして、

「これを包めば、よろしいんですね？」

と、平松に、いった。

平松が、どうしたものかと、迷っていると、小柄な老人は、ひょいと、手を伸ばして、
箱の上に、載っていた品物を、手に取ると、

「なるほど。これが、永楽保全の吹上香合ですか。なるほど、格好はよろしい」

と、いった。

平松は、急に、その老人に、興味がわいてきて、

「いい品物なんでしょう？　それなら、ぜひ、買い求めたいんですが、まずいですか？」

と、きいた。

「確かに、永楽保全の吹上香合なら、少なくとも、二百万円以上は、するし、あなたが、二百万円で、買っても、損はしませんよ。ただし、もちろん、それには、この吹上香合が本物であるという、但し書がつきますがね」

と、老人が、いった。

「ということは、これは、偽物なんでしょうか？」

と、平松が、きくと、老人は、相変わらず、ニコニコ笑って、

「まあ、あなたが、偽物とわかっていて、それでも、二百万円で、買いたいというのなら、買いなさい。しかし、私が見るところ、これは、どう見ても、五万円の価値しか、ありませんなあ」

と、いってから、今度は、ジロリと、店の主人に、目をやって、

「あんただって、目利きの一人と、いわれる人だから、これが、偽物だということは、よくご存じのはずだがねえ。違うかな？」

と、いった。

店の主人は、黙ってしまったが、急に、店の奥に消えると、どこかに、電話をかけている、気配がした。

平松は、老人に向かって、

「私は、東京の人間で、実は、京都に、遊びの勉強に、来ているんです。それで、骨董にも、目が利かなくては、いけないと思って、ここへ来て、何かいいものが、あったら、買いたいと思ったんです。これ、本当に、偽物なんですか？」

平松は、半信半疑で、老人に、きいた。

「だから、私は、いっている。あんたが、これで、いいというのなら、二百万円払いなさい。少しは、勉強になる。しかし、迷っているなら、買わないほうが、いい。これは、五万円です」

と、老人は、ニコリともしないで、いった。

「後楽先生でしたね？」

と、平松が、いった。

「本名は、別にあるが、みんなから、そう呼ばれている」

「それなら、後楽先生、これから、あなたに、弟子入りしますから、骨董について、教えてください」

と、平松が、いった時、表の戸が開いて、大きな男が二人、入ってきた。

老人は、平松に向かって、

「あんたは、ケンカが、強いか？」

と、きいた。

「強くはありませんが、弱くも、ありません。ほどほどです」

と、平松が、笑うと、

「私は、からきし、力がなくてね。そこの男に殴られたら、多分、死んでしまう。あんたが、足に自信があるなら、私と一緒に、すぐ逃げ出そう」

と、老人が、いった。

「向こうの二人は、どういう人ですか？」

と、平松が、きいた。

「そうだな、さしずめ、この店の、用心棒といったところかね。うまく、逃げられるといいんだが」

と、老人が、いった。

その時、男の一人が、

「商売の、邪魔をするヤツは、お前らか？」

と、平松と、老人を睨んだ。

「僕は、別に、商売の邪魔をしているわけじゃない。ただ、商談が、こじれただけでね。そんなわけだから、これで失礼するよ。行きましょう」

と、老人を、誘った。

「そうだ、帰ろう、帰ろう」

と、老人が、いって、店を、出ようとした時、もう一人の男が、手を伸ばして、老人の腕をつかんだ。途端に、老人が、悲鳴をあげて、

「助けてくれ」

と、叫ぶ。

平松は、そんな、老人の格好が、おかしくて、笑いながら、

「止めなさい」

と、いって、眼の前の男の腕をつかんだ。

途端に、男が、その痛さに、悲鳴をあげた。

もう一人の男が、血相を、変えて、

「ケンカする気なら、相手になるぞ！」

と、すごんだ。

平松は、つかんでいた、男の腕を、放してから、

「ここで、ケンカをすると、大事な骨董品を、壊すことになる。表に出ようじゃないです

か」

　と、落ち着いた声で、いった。

　老人が、

「そうだ、そうだ」

　と、はやすように、いった。続けて、

「ここにあるのは、安物ばかりだが、それでも、壊したら、作った人に、失礼に当たる。外に、出たほうがいい」

　と、いう。

「うるさいぞ、ジジイ！　黙ってろ！」

　と、男の一人が、大声を出してから、

「逃げるなよ」

　と、いって、先に、店を出ていった。

　老人は、平松に向かって、小声で、

「大丈夫か？　勝つ自信が、あるのか？」

　と、きいた。

「わかりませんね。勝つかも、知れないし、負けるかも、知れない。ケンカなんて、そんなものですよ」

と、平松は、笑った。

たちまち、人だかりができてしまった。その多くが、観光客である。

平松は、内心、

（困ったことになったな）

と、思いながらも、老人を、庇《かば》うように、立って、

「ケンカなんて、バカらしいから、止めようじゃありませんか」

と、二人の男に、向かって、いった。

「それなら、店の主人に謝って、二百万円で、あの品を、買っていけ」

と、男の一人が、いった。

「僕は、この老人の鑑識眼を、信用するんだ。五万円なら、買いますよ」

と、いった。

「人をバカにしてるのか！」

と、男の一人が怒鳴って、いきなり、平松に、殴りかかってきた。

平松は、避けもせず、逆に、その男に体をぶつけていった。

鈍い音がして、男が、

「わあーっ」

と、叫び、その大きな体が、五、六メートルも吹き飛ばされていった。そのまま頭から

倒れて、動かなくなってしまった。

もう一人の男は、それを見て、青い顔になった。

平松は、その男に向かって、

「もう、止めようじゃないですか。これ以上やっても意味がない」

と、いうと、

「何をぬかす」

と、また、殴りかかってきた。

その男のほうは、ボクシングの、心得でもあるのか、ストレートが的確に、平松の顔を狙ってくる。それを、平松は、両手で、顔の前で、受け止めた。そして、そのまま、男の右腕を、包むようにして、ねじ上げた。

男が、顔色を変えて、悲鳴をあげる。

「このバカ力が！」

と、怒鳴る。

「バカ力は、生まれつきでね」

と、平松は、笑って、ヒョイと、突き放すと、男の体が、簡単に、その場に転倒した。

「後楽先生、さあ、この隙《すき》に、逃げましょう」

と、平松は、いい、老人の腕を、つかんで走り出した。

「助けてくれ！　息が切れる！」

と、老人が、悲鳴をあげる。

平松は、面倒くさくなって、老人の体を抱えて、また走った。

三条の、橋の上まで、来ると、平松は、足を止め、そっと、小さな老人の体を、地面に下ろした。

平松のほうは、息を弾ませて、いないのに、老人のほうは、ハアハア息をしながら、

「呆れた男だ。バカ力には、恐れ入った」

と、いった。

「後楽先生に、何か、お礼をしたいんですが」

と、平松が、いうと、

「当たり前だ。私のおかげで、二百万円をフイにしなくて、済んだんだからな。そうだ、腹が空いたから、天ぷらでも、奢りなさい」

と、老人が、いった。

「僕は、東京から、来たばかりなので、この辺で、うまい、天ぷらの店を、知らないんですが」

と、平松が、いうと、

「そんなことは、私が、よく知っている」

と、いって、スタスタと、歩き出した。

天安という店の前で、老人は、立ち止まる。

よく知っている店と、みえて、サッサと、中に入っていく。

平松も、その後に続いた。

店の主人が出てきて、

「後楽先生、いらっしゃい」

と、いう。

「今日は、いちばん上等な、天丼を注文するぞ。何しろ、この若者に、二百万円、儲《もう》けさせたんだからな」

と、老人は、いった。

店の主人は、ビックリして、平松に、

「先生のおかげで、二百万円も、儲けたんですか？」

と、きいた。

平松は、笑って、

「二百万円、儲けたというのは、ウソですが、損しなくて、済んだというのは、本当なんです」

と、いった。

二人は、奥の個室に通り、老人は、酒を注文した。

老人は、勝手に、手酌で、飲み始めた。

「あんたもつき合え」

と、いう。

平松が、負けずに飲んでいると、次々に、徳利《とっくり》が、空になっていった。

その後から、この店自慢の、天丼が運ばれてきた。

「あの店は、よく、偽物を売るんですか？　僕には、そんなふうには、見えませんでしたが」

と、平松が、きいた。

「まあ、骨董の世界は、魑魅魍魎《ちみもうりょう》だから。騙《だま》すほうも、悪いが、騙されるほうも、悪い。それに、騙されて、一人前の骨董家になる人もいるからね」

と、老人は、いってから、

「だから、あの時も、私は、黙っていようと、思ったのだが、あんたが、あまりにも、無防備で、簡単に騙されているので、ついつい、見かねてね、つまらないことを、いってしまった。大いに反省している」

と、老人は、いった。

「でも、僕を、助けてくれたじゃ、ありませんか？」

「だから、反省していると、いっているんだ。私は、あんたをよく知らんが、ひょっとすると、あんたがあそこで、二百万円騙し取られていたら、それが、骨董品を見る目を、育てることになったのかも知れん。そのほうが、よかったのかも知れんなあ」

と、老人は、勝手なことを、いった。

「実は、あの店は、葛西さんという、弁護士さんに、紹介されたんですよ。それで、こちらは、骨董のことが、よくわからないので、勧められるままに、あの吹上香合を買おうとしたんですが」

と、平松は、いった。

「まあ、持ちつ持たれつだな」

と、また、訳のわからないことを、老人が、いう。

「それ、どういう意味ですか？」

と、平松が、きいた。

「弁護士さんの中にも、金儲けが、好きな、弁護士さんもいるから」

と、老人が、いった。

「つまり、あの骨董品の店主と、葛西弁護士が組んで、僕を、騙そうとしたというわけですか？」

と、平松が、きいた。

「店の主人は、金が欲しい。弁護士さんも、金が欲しい。そう思っているところに、何も知らない、バカな、ボンボンがやって来れば、それを、騙そうと思うのが、人情だ。結局、あんたが、いちばん悪い」

と、老人は、いった。

「僕が、いちばん悪いんですか？　そうなりますかね？」

「騙される人間が、いなけりゃ、騙す人間も、出てこない。そう考えれば、騙される人間が、いちばん悪い。そうだろう」

と、老人は、決めつけるように、いった。

（口の悪い老人だ）

と、平松は、苦笑しながら、杯を口に運んでいたが、急に思い出して、

「後楽先生、ぜひ、お頼みしたいことがあるんです」

と、いった。

「どんなこと？」

と、老人が、きく。

「実は、あるクラブのママさんに、失礼なことを、してしまいましてね。お詫びの印に、何か、そのママさんが、喜ぶようなものを、贈ることになっているんです。それが、今の騒ぎでダメになってしまいました」

と、平松が、いった。

「その贈り物が、あの偽物の吹上香合だったのか？」

「そうなんです。後楽先生のおかげで、二百万円を、無駄にしないで、済みましたが、ママさんに、適当なものを贈る必要は、まだ、残っているんですよ。そのママさんが、骨董好きだというので、あの店に、行ったんですが、あなたが、何か、これというものを、選んでくださいませんか？　そうしていただけると、助かるんですが」

と、平松は、いった。

「そのクラブのママさんに、あんたは、気があるのかい？」

と、老人は、きいた。

「いや、別に、ありませんが、ただ、僕は、東京から、この京都に、遊びの勉強に、来ているんですよ。クラブのママさんは、その先生なんです。だから、お礼の意味も、あるし、今もいったように、失礼なことを、してしまったので、何か、プレゼントを、したいのです。ですから、適当なものを、選んでくれませんか？」

と、平松は、いった。老人は顔をしかめて、

「適当なものというのは、いちばん、困る。いくらぐらいのものと、いってくれれば、それに合わせて、選んであげられるが」

と、いった。

「そうですね。百万円から、二百万円ぐらいの間かな。何回もいいますが、骨董の値打ちが、わからないんですよ」

と、平松が、いった。

「よし、酒と、天ぷらを、ご馳走《ちそう》になったお礼に、私が、いいと思うものを、教えてあげることにしよう。それを、そのママさんに、持っていきなさい」

と、老人が、いった。

食事が済むと、老人は、今度は、木屋町通《きやまちどおり》にある、小さな骨董品の店に、平松を、連れていった。

その店の中で、

「世にいう、骨董好きというのは、初代永楽がいいとか、何代目柿右衛門が、いいとか、何百年前に、作られたものがいいとか、やたらに古さを、競うが、現代の日本にだって、いい焼物が、いくらでもある。むしろ、それを、贈ったほうがいい」

と、老人は、いった。

「僕には、よくわかりませんから、先生のおっしゃるもので、結構です」

と、平松が、いった。

「どうも、張り合いのない男だな」

と、老人は、文句をいいながら、店番をしている主人に、向かって、

「浜田庄司の鉄絵茶碗、まだ、売れ残っているかね？」

と、声をかけた。

「まだ、置いてありますよ」

と、主人は、いって、奥から、箱に入った茶碗を、持ってきた。

直径十五、六センチ、高さ五、六センチの地味な、茶碗だった。

「これは、近代工芸の、名人といわれた、浜田庄司の鉄絵茶碗だ。これなんか、それほど、高くないが、いいものだよ。これを持っていきなさい」

と、老人は、決めつけるように、いった。

「これ、いくらぐらいですか？」

と、平松が、きくと、老人は、店の主人に向かって、

「いくらなら、手放す？」

と、きいた。

「うちとしては、八十万は、いただきたいのですが」

と、店の主人が、いう。

そんな店の主人を、ジロリと睨んで、老人は、

「八十万？」

と、オウム返しに、いう。

店の主人は、あわてて、

「七十万で、結構です」

「七十万だって？」

「いいえ、六十万で、結構です」

「六十万もするのか、これは？」

「もう、先生には、負けました。儲けは、ほとんどありませんが、五十万、いや三十万で結構です」

と、店の主人は、肩をすくめるようにして、いった。

平松は、その茶碗を、包んでもらって、老人と一緒に、店を出た。

「あの店のご主人、情けなさそうな、顔をしていましたが、損を、させたんじゃないでしょうか？」

と、平松は、心配して、きいた。

老人は、小さく、笑って、

「あそこの主人は、タヌキだよ。あんなに、情けなさそうな顔をして見せたが、あれだって、十分に、儲かっているんだ。あんたが、心配することは、ない」

と、老人は、いった。

木屋町通を、歩きながら、

「後楽先生は、ご自分でも、陶器を、作っていらっしゃるんですか？」

と、平松が、きいた。

「昔は、作っていた。今は、面倒くさくなったので、何もしていない。いや、絵だけは、描いているよ。ヘタな絵だが、まあ、それが楽しくてね」

と、老人は、いった。

「その絵を見せて欲しいですね。ぜひ、見せてください」

と、平松が、いった。

「あんたも、絵を描くのかい？」

と、老人が、いった。

「遊びで、描いたことがあります。その程度のものです」

と、平松が、いった。

老人は、立ち止まって、空を見上げ、

「どうするかな？　まあ、それなら、いらっしゃい」

と、いってくれた。

老人が案内してくれたのは、北野神社の近くにある、大きな料亭だった。

平松は、ビックリして、

「先生は、こんな料亭も、やっておられるのですか？」

と、きくと、老人は、また、笑って、

「そんなことはない。私は、この料亭の、居《い》候《そうろう》だよ」

その言葉通り、二人が、入っていくと、番頭らしい男が、出てきて、一応、

「お帰りなさい」

と、いったが、そのまま、すっと、通り過ぎてしまった。

老人は、構わずに、広い廊下を、奥に向かって歩いていく。そして、離れの一室が、老人の、住まいだった。

その離れには、「後楽亭」という、扁額《へんがく》が、かかっている。どうやら、後楽先生というのは、その扁額から、取られた名前らしい。日本画が、何枚か、壁に立てかけてあった。

「墨絵ですか？」

と、平松が、きくと、老人は、うなずいて、

「若い時は、油絵もやったが、この歳《とし》になると、絵の具の、調合とか、削るみたいなことが、面倒くさくて。だから、筆一本で描ける、墨絵にしている。まあ、子供の遊びだよ」

平松は、その、何枚かの絵を、黙って見ていたが、

「この絵、サギの絵ですね？」

と、きいてみた。

「そうだよ。鴨川にいる、サギを見て、描いたんだ」

と、老人が、いった。

「これ、魚を、狙っているんじゃありませんか？」

「そうなんだが、どうも、恥ずかしい」

と、老人は、急に、照れたような、顔になった。

「何が、恥ずかしいんですか？」

「実は、この絵を描くにあたって、宮本武蔵を真似《まね》してね。有名な武蔵の絵があるだろう、ピンと張りつめた、いい絵だ。あれに挑戦したいと思ったんだが、どうも、私は、あんな、剣豪みたいな、張りつめた気持ちには、なれない。だから、グチャグチャと、だらしのない絵に、なってしまった。ここに、描いたサギだって、一応、魚を狙っているんだが、私と同じで、獲れても、獲れなくても、どちらでもいいような、顔つきを、している。だらしのないサギになっているんだよ。だから、どうにも恥ずかしい」

と、老人は、頭をかいた。

「それが、いいじゃありませんか？　そういうの好きですよ、僕は」

と、平松は、いい、

「ぜひ、この絵を、僕に譲っていただけませんか？」

と、いった。

「まさか、この絵まで、その何とかいう、クラブのママさんに、贈るというんじゃないだろうね？」

と、老人が、きく。

「もちろん、誰にも、譲りませんよ。この絵を、自分の部屋に飾って、毎日、見ていたいんです」

と、平松は、正直に、いった。

「あんたも、妙な男だな。私の絵ばかり見ていると、私のようなだらしのない人間になってしまうぞ」

と、脅かすように、老人は、いった。

「構いませんよ。あなたみたいな人になれるなら、そのほうが、いい」

と、平松は、いった。

「困ったものだ」

と、老人は、笑ってから、急に、窓の外に目をやって、

「どうやら、今日の客は、どんちゃん騒ぎが好きらしい」

と、いった。

母屋の料亭のほうから、賑《にぎ》やかな、三味線の音や、笑い声が、きこえてくる。

老人のいうように、宴会が、始まったのだろう。

「先生は、お茶屋遊びなんかは、なさらないんですか？」

と、平松は、小万のことを、思い出しながら老人に、きいてみた。

老人は、目をつぶって、中庭を伝わって、きこえてくる三味線の音を、きいているようだったが、

「昔は、遊んだ」

とだけ、いった。

「相当、遊んだんですか？」

「そうだ。やたらに、遊んだ」

「それは、人生の勉強に、なりましたか？」

と、平松が、きくと、老人は、

「バカな質問を、しなさんな」

と、怒ったように、いった。

「何かの足しにしようと、お茶屋遊びを、したってつまらんじゃないか。遊んでいる時は、遊びに熱中しなければいかん。それが、人生のためになるのか、どうかなどと、考えたら、遊びでなくなってしまう」

「確かに、そうですね。遊ぶ時には、遊んだほうがいい、か。また一つ、勉強になりました」

と、平松が、いうと、老人は、また、不機嫌な顔になって、

「どうも、あんたは、やたらに、そういういい方をするので困る。勉強になりましたとでも、いえば、私が喜ぶとでも、思うのか？」

「いえ、そうは、思いませんが、自分に、いいきかせているだけですよ。何しろ、僕は、一年間という期限付きで、オヤジから〈京都で遊んでこい〉と、いわれているんですから」

と、平松は、いった。

その言葉に、老人は、

「おーッ」

と、感心したような声を、出し、

「それは、話のわかるオヤジさんだ。あんたは、幸福だぞ、そんなオヤジさんを、持って」

今度は、平松のほうが、照れてしまって、

「それにしても、ずいぶん、賑やかな連中ですね」

と、座敷のほうに、わざと、目をやった。

「どうやら、客は、五条実篤先生らしい」

と、老人は、ちょっと、軽蔑《けいべつ》したような目つきで、いった。

「見なくても、わかるんですか？」

「ああ、わかる時が、ある。ああいう、バカな遊びをするのは、最近では、五条実篤だけだ。他にはいない」

と、老人が、いった。

「先生は、五条実篤さんを知っているんですか？」

と、平松が、きいた。

「どうやら、あんたも、知っているようだが？」

「二度ばかり、会ったことが、あるんですよ。僕がよく行くクラブで。何でも、そのクラブの、ママさんの、パトロンではないかというウワサでしたが」

と、平松は、いった。

「あの男は、クラブのママの、パトロンもやっているのか。忙しい男だな」

と、老人が、いった。

そのうちに、料亭の騒ぎが、どんどん、大きくなっていく。

仲居の一人が、こちらに、茶菓子を、運んできてくれた。その仲居に向かって、

「向こうで、ワーワー騒いでいるのは、例の五条実篤先生じゃないか？」

と、老人が、きいた。

仲居は、ニッコリして、

「そうなんですよ。あの五条先生なんですよ。とにかく、賑やかな、お席ですよ。芸妓さ

んが三人、舞妓さんが五人も、来て、本当にどんちゃん騒ぎ。ここの女将《おかみ》さんも、喜んでいますよ。散財して下さいますから」

と、いった。

「他の客は、誰なんだ？」

と、老人が、きいた。

「市長さんも、来ているし、ほかに、市議会のお偉い先生方、それに、何とか会社の、社長さん」

と、仲居が、いった。

「ふーん」

と、老人は、鼻を鳴らしたが、そのまま、黙ってしまった。

そのうちに、庭の向こうの、座敷の障子が、開いて、三味線の音や、歓声が、いっそう、大きくきこえてきた。座敷で、踊っている、芸妓や舞妓の姿も、よく見える。

その中に、思いがけなく、小万の姿を、発見して、平松は、

（あれっ）

と、思った。

「あんたの知っている、芸妓がいるのか？」

と、老人が、きいた。

「ええ、いるんです」

と、平松は、うなずいた。

「その芸妓さんも、あんたの先生なのか？」

と、老人が、いった。

「そうなんです。彼女も大事な先生ですよ。みんな、僕に、京都の遊びを、教えてくれているんです」

と、平松が、いった。

老人は、また、鼻を鳴らして、

「あんたは、本当に、バカなのか、利口なのか、わからんねえ」

と、いった。

「大して、利口じゃありません。だから、こうして、京都に、勉強に、来ているんです」

と、平松が、笑った。

そのうちに、向こうの座敷で、踊っていた芸妓の一人が、急に、立ち止まって、じっと、こちらを見た。

その顔は、小万だった。

口を、大きく開けて、何かをいっているのだろうが、こちらまで、きこえてはこない。

たぶん、

「何で、あなたが、そこにいるの？」

とでも、きいているのだろう。

平松が、手を振って、見せると、小万の姿が、急に、座敷から、消えてしまった。

しばらくすると、廊下に足音がして、離れの襖《ふすま》が開いて、小万が、顔をのぞかせた。

「どうして、ここに、いやはるの？」

と、小万が、きいた。

平松は、（やっぱりか）と苦笑して、

「こちらの後楽先生に、いろいろと、教えてもらっているんだ。本当の骨董品が、どんなものかをね」

と、いった。

小万は、老人を睨んで、

「後楽先生、この人に、変なことを、教えたら、あきまへんえ」

と、いった。

老人は、ニヤニヤ笑っている。

「あんたの遊びの先生は、どうやら、怖い先生らしいな」

と、老人が、いった。

今度は、小万は、平松を見て、

「うちのこと、この後楽先生に、怖い人みたいに、いうたんどすか？」

と、きいた。

「そんなことは、いってないよ。僕こそ、君が、向こうで、踊っていたんで、ビックリしているんだ。お客さんは、例の、五条実篤さんらしいね」

と、平松が、いった。

「そうどす。あの先生にも、きちんと、いうときました。うちの大事な、平松さんを、変な道に、誘わんといておくれやすと、いうときましたえ」

と、小万が、いった。

老人が、笑って、

「ますます、怖い芸妓さんだ」

と、いう。

「お二人、妙な取り合わせどすけど、どこで、知り合わはったんどす？」

と、小万が、きいた。

「河原町三条の骨董品屋で、僕が、骨董品を買おうとしていたら、この後楽先生が、僕に、本当の、骨董の見方を、教えてくれたんだ。先生のおかげで、二百万円損しないで済んだよ」

と、平松が、いった。

小万が、眉《まゆ》をひそめて、

「また、どすか？」

と、いった。

「何が？」

と、平松が、きく。

「また、誰かに、騙されて、大金を、ドブに捨てるようなことを、なさったんどすか？」

と、きく。

平松が、笑っていると、老人が、

「そうなんだよ。あんたのいい人は、どうも、人に騙されやすい。困ったもんだ」

と、いった。

「誰が、二百万円も、騙そうとしたんどすか？」

と、小万が、きいた。

「いや、誰が、というわけではないんだ。この後楽先生に、いわせれば、騙される僕のほうが、悪いらしいからね」

と、平松が、いった。

第五章　ストーカー

「本当に、困った、お人どすな。もうちょっと、しっかりして、おくれやす」

と、小万が、いった。

「それは、あんたが悪い」

と、老人が、小万に、いった。

小万は、キッとした顔になって、

「どこが、悪いんどすか？」

と、きく。

「この人は、東京から、京都に、遊びの勉強に来ているんだろう？　遊びの勉強というのは、妙な言葉だが、とにかく、京都で遊びたいという奇特な考えを持っている。遊ぶ時には、遊ばなくてはいかんのだ。理屈をつけて遊んでは、遊びではなくなってしまう。だから、小万ちゃんも、この人の首に、縄をつけるようなことをしては、いかん。ゆっくり、遊ばせなさい。お金も、どんどん、使わせなさい。それが、この人の勉強になる。いや、私は、勉強という言葉が、嫌いだから、どういったらいいのかな。それが、本当の遊びだ。そういえば、いいのかな」

と、老人は、いった。

「後楽先生」

と、小万が、また、睨んだ。

老人は、ニヤニヤ笑って、

「どうも、小万ちゃんは、この若者に惚《ほ》れているらしいな。惚れているから、心配になってくる。誰かが、いっていた。心配するということは、好きだということと同じだとね。そうなんだろ？」

と、いった。

小万は、小さく、首を横に振って、

「うちの気持ちは、そんなもんと、違います。きちんと、この人にいわなければならんことは、いうてます。この人には、いつも、ハラハラさせられてしまうんどす。それを、やかましくいうのは、悪いことどすか？」

と、いった。

「それが、好きということだよ。そういうことだ」

と、老人は、また、笑ってみせた。

そのあと、老人は、急に真顔になって、

「あの五条実篤先生、今度は、何を企《たくら》んどるのか」

「何か、心配でも？」

と、平松が、きいた。

「別に心配はしとらんが。あの男は、タダで散財はせん。特に、市のお偉方を集めて、どんちゃん騒ぎをやるときは、何か、企んでるのには、まず、間違いない」

「しかし、何を企んでるか、わかりますか？」

「金儲けに、決まっとる」

老人は、きっぱりと、いった。

「金儲けですか？」

「まともな金儲けじゃないことだけは、確かだよ。きっと誰かが、傷つくな」

「しかし、そんなに簡単に、金儲けは出来ないでしょう？」

と、平松が、首をかしげた。

「世の中は、奇妙というか、不条理というか、まともに金を儲けようとすると、なかなか、うまくいかないが、悪知恵のある奴《やつ》が、人を騙すと、簡単に、儲かってしまうのだ」

老人は、小さく、肩をすくめた。

「そうどす。でも、どうして、いい人が、損を見るんどす？　うちの知り合いでも、あんないい人が、どうしてと思うことがあるんどす」

と、小万が、眼をとがらせた。

老人は、笑って、

「小万ちゃんも、腹を立てるか」

「へえ。気は短い方どす。うちの知ってるお茶屋の女将《おかあ》はんが、悪い男に騙されて、二百万円も、奪《と》られたんどすえ。優しくて、面倒見のいい人なのに」

「それは、その女将さんが、いい人だからだ」

と、老人が、いった。

「いい人だから、騙されるんどすか？　そんな世の中、間違ってます」

小万の顔が、赤い。

熱っぽくなると、とまらなくなってしまう。

「いいなあ。小万ちゃんは、純粋で」

と、老人が、微笑した。

「それって、うちが、子供っぽいということどすか？」

「いや、小万ちゃんは、立派な大人だ。色気もある。あんたを好きになって、手ひどく、肘鉄《ひじてつ》をくらって、泣いてる男を、何人か知ってるぞ」

と、いって、老人は、ニヤニヤした。

「そんなー」

と、小万は、笑って、

「うちは、好き、嫌いを、はっきりする主義やさかい、騙したりするのとは、違いますえ」

「ところで、小万ちゃんに、今はやりのあれはないのかね？」

「あれって、何どす？」

と、老人が、きく。

「ストーカーだよ。小万ちゃんほどの女になれば、あんたを追いかける男の一人や、二人、いても、おかしくはないからな」

と、老人は、いった。

「そりゃあ、変な電話や、メールがくることもありますけど、うちは、気にしてまへん」

「やっぱり、そんなものがくるか」

「へえ。でも、うちは、小鈴ちゃんのことが、心配なんどす」

「小鈴というと、確か、あんたの妹分の舞妓じゃなかったかな」

「あの子、可愛い顔をしてるんで、最近、若い男の人に、追《っ》けられたりするそうどす。うちが一緒の時なら、その人をつかまえて、お説教してやるんどすけど」

　と、小万が、いう。

「その男も、小万ちゃんに、お説教されたら、喜ぶんじゃないかな。それとも、小万ちゃんの方が好きになって、あんたのストーカーになってしまうかな」

「そんなん、気味が悪い」

　と、小万が、いった。

「君は、向こうのお座敷に戻らなくてもいいのか？」

　平松が、心配して、小万に、きいた。

　小万は、笑って、

「へえ。五条先生は、お説教が好きで、耳が痛《いと》おす。こちらで、耳を休ませて貰います」

「悪い人間ほど、お説教が、好きだからな」

　と、老人が、したり顔で、いった。

「それなら、後楽先生も、やたらにお説教するから、悪人どすね」

　と、小万が、いった。

「そうか。私も悪人か」

「そうどす。大悪人どす」

　と、小万は、笑ってから、部屋の中を、見回して、

「それにしても、さびしいお座敷どすなあ。男二人だけで」

「じっくりと、お茶を味わってるんだ」

「うちが、賑やかにしてさしあげますえ」

と、小万は、いい、仲居を呼ぶと、

「これから、ここで、大宴会をやりますさかい、お酒をどんどん持って来て」

「大宴会か。いいなあ。今夜は、飲むぞ」

と、後楽先生が、いった。

小万の声で、二人の仲居が、どんどん、酒を運んでくる。

その一人に向かって、小万は、

「向こうのお座敷へ行って、舞妓の小鈴ちゃんと、地方《じかた》のお姐さんを二人、呼んで来て。どうせ、向こうは、もう、舞はやらないでしょうから」

と、いった。

「そんなことをして、よろしいんですか？」

と、仲居が、きく。

「こちらには、若くて、魅力的な、スポンサーがいるといえば、小鈴ちゃんも、地方さんも、喜んで、来てくれはります」

と、小万は、いった。

仲居が、ためらっていると、小万は、

「ここにいる平松さんのこと、きいてはるんどっしゃろ？」

と、きいた。

仲居は、ニッコリして、

「ええ、お金をどんどん使って、京都で遊びの勉強をする人だとか」

「それなら、すぐ、向こうのお座敷へ行ってきて。この人のご機嫌が、よくなれば、この店にも、あなたにも、おトクになるんやさかい」

と、小万にいわれると、その若い仲居は、向こうの座敷へ、飛んで行った。
五、六分して、舞妓の小鈴と、地方のお姐さん二人が、やって来た。
「小万姐さん、おおきに。向こうで、五条先生のお説教に、参っていたんどす」

と、小鈴が、ニッコリした。

「さあ、賑やかに、やりましょう。そこの仲居さん。おきれいやし、一緒に、宴会に参加して下さいな」

と、小万が、はしゃいだ声を出した。

がぜん、こちらの座敷が、賑やかになった。

小万に、指名された若い仲居は、料亭の女将に断り、宴会に加わった。

地方のお姐さんが、三味線を弾き、自慢ののどを聞かせ、小万と小鈴が、張り切って、舞う。

その賑やかさが、気になるのか、向こうの窓から、何人もの男が、立ち上がって、こちらを見はじめた。

小万は、こちらの窓を、ぴしゃりと、閉めてしまった。

向こうで、何か、叫んでいるのが、聞こえる。

「ちょっと、面倒なことに、なるかも知れんな」

と、老人が、いった。

「五条実篤さんが、文句をいいに来ますか？」

と、平松が、きくと、老人は、

「あの男は、自尊心の、かたまりだから、小さな事には、顔を出さん。ただ、取り巻きが、気に入られようとして、乗り込んでくるかも、知れん」

「そうなったら、どうします？」

「わしは、さっさと逃げるぞ」

と、老人が、笑ったとき、がらりと、襖が開けられて、三人の男が、顔を出した。

その一人が、

「こらッ。何をしてるんだ！」

と、大声で、怒鳴った。

それに、びっくりして、地方のお姐さんは、弾いていた三味線を止めてしまった。が、小万は、平気で、舞を続けている。

「小万！　踊りを止めろ！」

と、男の一人が、大声を出した。

小万は、手を止めて、立ち姿のまま、

「うるそおすなあ。何どす？」

と、男たちを、睨んだ。

「お前は、今日、五条先生のお座敷に、呼ばれたんだ。その大事なお座敷を、放っぽり出して、戻って来ない。どういうつもりなんだ！」

「確かに、五条先生のお座敷に、呼ばれましたけど、時間が、過ぎましたえ。うちらは、お座敷は大事にしますけど、時間を過ぎたら、自由どす」

「それなら、五条先生に、きちんと、挨拶してから帰れ」

「五条先生は、そんな細かいことを、気になさるんどすか？」

と、小万が、いった。

「五条先生は、気になさらんが、先生を尊敬するわれわれは、お前の無礼が、がまんならん。これから向こうで、祇園のしきたりを、教えてやる」

男が、いい、大股に部屋に入ってくると、金屏風の前にいる小万に、近づいていった。

その足が、急に、止まってしまった。

その場に、あぐらをかいて、小万の舞を見ていた平松が、むんずと、男の足首を、つかんだのだ。

「この野郎！　放せ！」

と、男が、怒鳴る。

「放したら、大人《おとな》しく、してくれますか？」

平松が、落ち着いた声できく。

別の男が、平松を飛び越えるようにして、小万を、つかまえようとした。

平松は、もう片方の手で、拳《こぶし》を作り、自分の頭上を飛び越えようとする男の股間《こかん》を、下から、殴りつけた。

「わあッ」

と、男は、大きな悲鳴をあげて、ひっくり返った。

足首をつかまれている男は、自由な足で、平松を、蹴飛《けと》ばそうとした。

平松は、それを避けずに、つかんでいた足を、ひょいと持ち上げて、投げ飛ばした。相手は、大男だったのだが、見事に、宙を飛んで、襖にぶつかり、外れて、廊下に倒れていく。

股間を殴られた男は、まだ、身体を丸めて、呻《うめ》き声をあげている。

平松は、ゆっくりと、立ち上がって、三人目の男に、向かった。

相手は、怯えたような、眼になっている。

「五条先生には、僕が、挨拶に、行きますよ。小万ちゃんや、小鈴ちゃんに来て貰ったのは、僕だから」

平松が、いうと、男は、少しばかり、ふるえる声で、

「そうだ。お前も悪い」

「じゃあ、行きましょうか。五条先生に、挨拶したいから」

と、平松は、いった。

三人の男に囲まれて、平松が、渡り廊下を歩いて行く。

しかし、向こうの座敷に着くと、五条実篤をはじめ、客の姿は、消えていた。

後片付けをしていた仲居が、

「皆さま、もうお帰りになりました」

と、いった。

部屋の様子から、あわてて、帰ったことが、窺《うかが》われる。

五条実篤は、様子を見ていて、素早く、気まずいことになりそうだと気付いて、さっさと、引き揚げてしまったのだろう。

「五条先生に、ご挨拶しようと思っていたのに、残念だな」

平松が、いうと、三人の男は、こもごも、

「今度、五条先生の所に、挨拶に来い！」

「先生を軽《かろ》んじると、この京都では、生きていけんぞ」

「わかったか」

と、いい、あたふたと、帰って、行った。

平松は、拍子抜けした顔で、部屋に戻った。

心配していた小万が、

「どうどした？」

と、きく。

「僕は、挨拶しようと思ったんだが、五条先生も、他のお客さんも、帰ってしまっていたよ」

平松が、いうと、小万は、急に、笑顔になって、

「逃げはったんどすな。いい気味」

「あの男は、頭がよくて、機を見るに敏だから、今夜は、自分の損になると、計算したんだろうな」

と、老人は、いった。

「そんなことを、計算するものですか？」

「あんたは、そんなバカな計算はしないだろうが、俗物は、するものなんだよ」

小万が、平松に送られて、自分のマンションに着いた時には、午前一時を回っていた。

小万は、さっさと、入っていく。平松の方は、一階に並んでいる郵便受けから、入っていたものをつかみ出して、彼女を追いかけた。

「郵便物だよ」

「おおきに」

と、いったが、まだ酔いが残っていると見えて、小万の足がおぼつかない。

一緒にエレベーターに乗ると、小万は、平松に、もたれかかるようにして、

「お茶を飲んで、おいきやす」

「いいよ。明日も都をどりがあるんだから、今日は、早く寝なさい」

「ダメ。うちのお点前、見ておくれやす」

「この間、見たよ」

「あれとは違います。今日は、あなたのためだけに、お茶を、点てるんどす」

「いいよ。今日は、早く寝なさい」

「いいえ。眠くなんて、ありまへん」

小万は、平松の大きな身体に、しがみつくようにして、小さく、首をふっている。

エレベーターを降り、小万の部屋の前へ来る。何とか、ドアを開けて、中に入る。

小万は、ふうッと、息を吐いてから、

「胸が苦しい。帯を解《と》いておくれやす」

と、平松に、いう。

「どうやったらいいんだ？」

「この端を持って、引っ張って下さったら、いいんどすけど」

と、小万は、いう。

平松が、笑いながら、持たされた帯の端を引っ張ると、小万の身体が、舞うように、くるくる廻って、西陣の帯が、解けていく。

「若い女の人の帯を解いたの、うちが、初めてどすか？」

小万が、きく。

「君以外で、つき合った女性は、みんな洋服で、帯はしていなかったよ」

と、平松が、笑いながら、いう。

「じゃあ、今度は、この紐――」

と、いったとたんに、酔いが戻って来たのか、小万は、ぐずぐずと、その場に、頽《くずお》れてしまった。

平松は、あわてて、

「すぐ、布団を敷いてあげるから、寝なさい」

と、いい、押入れを開けた。

布団を出して敷き、小万の身体を抱えて、寝かしつけた。

そのあと、すぐ、帰ろうとしたが、小万のことが、心配になり、しばらく、様子をみることにして、卓袱台《ちゃぶだい》の傍に、腰を下ろした。

小万の様子を見ながら、ポットを使って、お茶をいれる。

郵便受けから持って来た郵便物を、お茶をいれながら、見ていった。

ＤＭが、ほとんどだったが、「小万さま」と書かれた白封筒が、眼にとまった。差出人の名前はない。切手はないから、直接、下の郵便受けに入れたのだろう。

気がつくと、小万が、うす眼を開けて、平松を見ている。

「大丈夫？」

と、平松が、声をかけると、小万は、いきなり、起きあがり、布団の上に正座すると、ペコリと、頭を下げた。

「かんにんどすえ。寝てしもうて」

「そんなことはいいけど、これは、少し、心配だよ」

と、平松は、さっきの白封筒を、小万に見せた。

「それ、何どす？」

「悪いと思ったけど、気になったんで、中身を見たんだ。これって、ストーカーみたいに見えるよ」

と、平松が、いうと、小万は、眉を寄せて、

「また、来たんどすか？」

「前にも、同じような手紙が来たの？」

「前は、メールどしたけど。うちの携帯に、いやらしいメールが、二度、あったんどす。うちの裸を見たいとか、うちと、キスした夢を見たとか」

「同じ男から？」

「さあ。どうどっしゃろ。でも、うちは平気どす。うちの知ってるお姐さんたちにも、時々、同じようなメールや、手紙が来てるそうどす」

「この犯人だけど。直接、君に会いにやって来たことはないの？」

と、平松は、きいた。

「それは、ないんどす。きっと、それほどの度胸はない男の人と違いますか。もし、うちの前に現れたら、思い切り蹴飛ばしてやります」

小万は、怒ったように、口をとがらせた。

平松は、苦笑して、

「そんなことを、いっちゃ駄目だ。何かあったら、僕を呼びなさい」

「助けに、来てくれはりますか？」

「もちろんだよ」

と、平松は、いってから、

「こんな手紙や、メールが来るようになったのは、いつからなんだ？」

「そんなこと、決まってます」

「決まってるって？」

「うちが、平松さんを知ってからどす」

と、小万は、いう。

「じゃあ、僕に責任ありか」

「そうどす。責任をとって、おくれやす」

と、小万は、笑ってから、

「何か作りまひょ。お腹《なか》、すいたんと違います？」

「料理できるの？」

「うちは、京都の女どす。おばんざいぐらい作れますえ」

「それは、この次に、ご馳走になることにして、今は、コーヒーを飲みたいんだけど」

と、平松は、いった。

「すぐ、いれます。一緒に飲みたい」

と、いって、小万は、立ち上がった。

衣《きぬ》ずれの音がする。着物の裾《すそ》が、わずかに乱れている。

キッチンに立って、コーヒーをいれる。

コーヒーが入ると、小万は、すっと、平松の傍に座る。

「平松はん。もう、朝帰りどすえ」

と、小万は、微笑した。

平松も、ニッコリして、

「そうか。もう、そんな時間なんだ。京都で、芸妓さんの家から朝帰りと知ったら、オヤジの奴、びっくりするかな。それとも、よくやったと、賞《ほ》めてくれるかな」

「平松はん」

急に、小万が、大きな眼で、じっと、平松を見つめた。

「何だい？」

と、平松が、きく。

「本当の朝帰りしておくれやす」

「いいね」

と、平松が、あっさりと、肯く。

「本当に？」

「女性から誘われて、断るほど、ヤボじゃないさ。それに、君の肌のぬくもりを思い出しながら、朝帰りするなんて、男冥利《みょうり》につきるよ」

平松は、強い力で、小万の身体を抱き寄せると、片方の手を、小万の胸に滑り込ませる。指先が、小万の火照《ほて》った乳房に触れた。小万は、乳房をつかまれたまま、身体を、平松に押しつけるようにして、唇を合わせた。

そのまま、平松の太い腕の中で、小万の身体も心も、何度か絶頂を迎え、かみしめた口から、声をあげていた。

気がつくと、平松は、満足したのか、疲れたのか、軽い寝息を立てている。その顔が、ひどく、可愛らしく、見える。

小万は、その寝顔に、軽くキスしてから、裸で起きあがり、バスルームに入ると、お湯を入れていった。

布団に戻ると、平松が、眼を開けていて、

「ごめん。眠ってしまったらしい」

「男さんは、女に、やたらに、あやまったら、いけまへん」

小万が、笑いながら、いう。

「そうか。この京都は、まだ、男が威張ってていいのか」

「まだ、京都では、浮気は、男の甲斐性《かいしょう》どす。舞妓や、芸妓を囲うのは、男のステータスどすえ」

「ちょっと待ってくれ。俺は、浮気じゃない」

「そんなこと、どうでも、よろしいんどす。それより、今、お湯を入れてます。一緒に、入りましょ」

と、小万が、笑顔でいう。

「ああ、入ろう」

と、平松は、応じてから、

「何をニヤニヤしてるんだ？」

「さっき見た、平松はんの寝顔を、思い出してしまって。男の人って、あのあとは、子供っぽい顔になるんどすなあ」

小万に送られて、平松が、マンションを出た時は、周囲は、すでに、明るくなっていた。

「いいか、ドアには、ちゃんと鍵をかけておくこと。何かあったら、すぐ、僕の携帯に電話してくれ。僕のマンションから、ここまで、車なら五、六分で来られるんだ」

平松は、別れしなに、小万にいった。ストーカーのことが、心配になったからだった。

「うちのこと、心配どすか？」

と、小万が、きく。

「ああ、心配だよ」

「おおきに」

「何しろ、君は、大事な遊びの先生だからね」

「アホ」

小万が、笑って、軽く叩いた。

平松は、歩き出した。歩いても、三十分もあれば、東洞院六角の自分のマンションに着く。

なぜか、歩きたかったのだ。

（心配するってことは、惚れたってことかな）

平松は、歩きながら、そんなことを、考えていた。

確か、あの言葉は、大学時代に読んだ小説の中に、あったような気がする。

いや、あれは、

〈可哀そうたァ、惚れたってことさ〉

だったかも知れない。

とにかく、急に、相手のことが、心配になるのは、惚れてしまったのかも知れない。

自宅マンションに戻ると、すぐ、電話が、かかった。

東京の父の慎平だった。

「そっちは、どんな具合だ？　上手《うま》く、いってるか？」

と、慎平が、きく。

「今日、朝帰りをしたよ」

と、平松は、いった。

「そうか。京都の朝帰りは、どんなものだ？」

「美人の、芸妓さんのところからの、朝帰りだよ」

「いつか、お前が、電話で話してた、芸妓さんか？」

「そうだよ」

「じゃあ、お金が必要だな」

と、慎平が、いった。

「お金って？」

「私は、京都のしきたりを知らんが、舞妓の場合は、水揚げというんだろう？　芸妓さんの場合は、何というか知らんが、こんな場合は、お金を惜しんじゃいかん。ケチな男は、クズだ。必要なだけ送るから、その芸妓さんに、あげなさい」

「ちょっと、待ってくれよ」

と、平松が、いっても、父は、構わずに、

「いつだったか、テレビで、京都のお茶屋遊びをやっていたことがある。確か、あの時、客の一人が、女将《おかみ》さんに、舞妓の旦那になるには、いくらかかるかときいたら、女将さんが、答えていた。一つの会社を潰すくらいの、お金がかかるとね」

「僕は、まだ、彼女の旦那になるつもりはないよ」

と、平松は、いった。

「しかしだな」

と、父が、いう。

「お前は、大事な、遊びの先生に手をつけたんだぞ。舞妓や、芸妓は、京都の生んだ芸術品だ。それに手をつけたんだから、嬉しいだけでは、すまんだろうが」

「そんなことは、わかってるよ。彼女が、何か欲しいといえば、喜んで買ってあげるつもりだよ」

と、平松は、いった。

「それでいい。私の経験では、男と女の間は、全て、金で解決するのが、一番いい。京都なら、その点、もっと、はっきりしているんじゃないのか。私が、お前に勉強して欲しい一つは、それなんだ。女のことで、ぐずぐずするような奴は、会社を危うくするからな。どんなに惚れた相手でも、冷静に、金で解決する。それが出来れば、お前が、私の後を継いでも、会社は安泰だ」

と、父の慎平は、いった。

「わかったよ」

と、平松は、いった。

「楽しんだぶんを、自分なりに計算して、彼女に払うことにする。しかし、オヤジ、僕は、自分で計算するから、その金額が、天文学的なものになっても、青い顔はしないでくれよ」

「いくら払うつもりなんだ？」

と、父が、きいた。

「一億円」

平松がいうと、父は、あっさりと、

「いいだろう。お前が、彼女に、それだけの価値があると思っているのなら、一億円でも二億円でも払えばいい。但し、あくまでも、金で解決すること。それは守りなさい」

「参ったな」

と、平松は、苦笑いした。

「何が、参ったなんだ？」

「オヤジと喋《しゃべ》っていると、金の価値というのが、わからなくなってくるよ」

「お前は、今、愛だとか、真心だとか、そんなことを、考えているんじゃないのか？」

「いけないか」

「愛とか、真心というのは、不変じゃない。二つとも、人間関係だから、明日にも、色あせてしまうものだ。私の長い人生経験からいえば、不変な愛とか、真心なんてものはないんだ。金は違う。極端なインフレにでもならなければ、一億円は、いつまでも一億円だ。そして、お前を、その金額分だけ助けてくれる。お前が、一年間、京都で遊べば、そのことに、気がついてくれると、期待しているんだよ。だから、一年間に、一億円、お前に投資しても惜しくはないし、臨時に、一億円、二億円投資しても、惜しくはない。それで、お前が、本当の女というものが、わかるだろうと、思うからだよ」

「彼女は、そんな女じゃないよ」

と、平松は、いった。自信はなかった。何しろ、小万は、京都の芸妓だから。

第六章　第二の事件へ

金で解決しろという、父親の忠告は、なかなか、実行できなかった。小万が、どんな気持ちでいるかわからなかったし、彼女との関係を、金で何とかする気になれなかったのだ。

（まだ、おれは、甘いかな？）

と、考えていたが、そんな時、彼のマンションに、ＡＫクラブのママ、中西恵子から、一通の招待状が届いた。

〈恒例の夜桜を観賞する会を、開きたいと思っております。いろいろと、趣向を凝らしておりますので、万障お繰り合わせの上、ご来場くださいませ。

場所　賀茂川《かもがわ》別邸。

日時　四月二十日午後六時〉

と、書かれてある。

都をどりの季節は、同時に、京都では、桜の季節である。

特に京都は、春は桜、秋は紅葉で有名である。

仁和寺の御室桜《おむろざくら》が有名だし、清水寺《きよみずでら》、あるいは円山《まるやま》公園の、しだれ桜も、有名である。

また、哲学の道の両側には、桜の並木があって、それを見ながら、散策する人が多い。

洛外に出れば、醍醐寺《だいごじ》の辺りは、昔、太閤秀吉《たいこうひでよし》が、醍醐の花見をしたことで、知られ、今もその様子を偲《しの》んで行われる、醍醐の花見の行列が、知られている。

あるいは、桜の花を愛した、かの西行《さいぎょう》が、

「願わくば　花のもとにて春死なん　そのきさらぎの望月の頃」

と、詠んだ、西行を偲ぶ花の寺、勝持寺も有名である。

各寺院では、桜にちなんだ祭りが行われるし、平安神宮では、四月一日から十五日まで、桜を観《み》る茶会が、行われる。

こうしたことは、京都の観光案内に、出ているが、平松は、賀茂川別邸というのが、わからなかった。どうやらそこも、桜の名所なのだろうか？

その招待状には、葛西弁護士の言葉も添えられていた。

〈中西恵子ママの夜桜のパーティーは、京都でも有名で、著名な、遊びの達人が、集まる

パーティーでもあります。平松さんも、おいでになって、遊びの達人から、話をおききになると、よろしい。ぜひ、お勧めします〉

と、書いてあった。

招待状について、平松が、小万に会ってきくと、小万は、

「その招待状、うちにも、来てますえ。珍しいこと。いつもは、もらったこと、あらしまへんのになあ」

と、笑った。

「招待状にある、賀茂川別邸というのが、わからないんだ。おそらく、上賀茂神社の近くだと思うけど、桜の名所なのかな？」

と、平松が、いうと、小万は、また、笑って、

「それって、あのママの別宅どす」

と、いった。

「何で、京都の人間が、京都の市内に、別宅なんて持っているんだ？」

と、平松が、いうと、

「それが、京都人というものどす。東京の人は、東京に、本宅があって、軽井沢や沖縄や、時には、ハワイなんかに、別荘をお持ちになるんどすやろ？　でも、京都人は、違います。京都の市内に、本宅があっても、同じ市内に、別宅を持つんどす。それが粋というもんど

す。だから、あのママも、上賀茂神社の近くに、別荘というか、別宅を持っているんどす。うちかて、お金さえあれば、京都に、別宅を持ちたいけど、お金がないから、仕方ありまへん」

と、小万は、いった。

「同じ京都に別荘を持って、それで、楽しいのかな？」

と、平松が、きいた。

「京都の人間は、楽しいんどす。そうどっしゃろ？　遠く離れたところに、別荘を持ったって、一年に、何回も行けしまへんやろ。同じ京都市内に別宅があれば、行きたい時に、いつでも行けますもん」

と、小万が、いう。

平松は、確かに、理屈には、合っていると、納得した。

「この招待状には、葛西弁護士の、添え書きが、あるんだ。パーティーには、有名な、京都の遊び人が、集まるらしくて、その人たちに、話をきいたらいいと、書いてあるんだけど、どんなパーティーなのか、小万ちゃんは、知ってるの？」

と、平松は、きいた。

「うちは、一回も、そのパーティーに、呼ばれたことがあらしまへんけど、でも、パーティーに、顔を出した人の話は、きいてます。何でも、やたらに大きな別宅で、あのママ、有名人好きやから、いろんな、有名人が集まるそうどす。パトロンの、五条実篤さんも、いらっしゃるそうだから、その関係で、政財界のお偉方も集まるときいてます」

と、小万が、いった。

「どうだろう？　僕は、行ってみたいと、思っているんだけど、小万ちゃんも、一緒に行かないか？」

と、平松が誘うと、小万は、ちょっと考えてから、

「そうどすなあ。うちが、尻込みしていると思われるのは、いやどっさかい、一緒に行きます」

と、いった。

二十日の夕方、小万は、二百万円かけて作ったという、小紋の着物を着て、平松と二人、タクシーで、ＡＫクラブのママ、中西恵子の、上賀茂の別邸に、向かった。

上賀茂神社の境内には、美しい川が、流れていて、その川は、境内を出ると、明神《みょうじん》川と名前が変わる。

その明神川沿いに、昔から、上賀茂神社の神官の家、社家というのが、並んでいて、京都では、名所になっている。そのいちばん広い、神官の家を、ＡＫクラブのママが、手に入れて、そこを、賀茂川別邸と称しているのだと、小万が、いった。

「普通なら、そういう由緒のある家は、なかなか、手に入らへんのどすけど、あのママは、政治家に、手を回して、手に入れたという話をきいてます」

と、小万が、タクシーの中で、いった。

平松も、そうした家を、写真で見ていた。

明神川に、石造りの橋が、かかり、その向こうに、屋敷がある。土塀をめぐらした、昔造りの家で、その家が並んだ、観光写真があり、平松も、何回も、目にしたことがあった。

ＡＫクラブのママの家は、その石橋を、大きく広げて、車が渡れるようにしてあった。車は、そのまま、橋を渡って、屋敷の中まで、入っていくのである。

その広さは、どうやら、二千坪ぐらいは、ありそうだった。

土塀に囲まれた、広大な敷地の中には、見事な日本庭園があったが、何よりも、平松を、驚かせたのは、庭園の、中央にそびえる、巨大な、桜の古木だった。

前から、そこにあったのか、それとも、どこからか移植したのかは、わからないが、その桜は今が満開で、ライトアップされ、その周辺には、赤い毛氈《もうせん》を敷いた床机《しょうぎ》や模擬店が、並び、すでに、パーティーが、始まっていた。

ＡＫクラブで働いている、ホステスたちが、全員揃《そろ》いの和服を着て、客の接待に、当たっている。

平松と小万が、入っていくと、ママの中西恵子が近寄ってきた。恵子は、平松に向かっ

て、ニッコリすると、

「ようこそ。皆さん、お待ちかねですよ。いろんな方に、ご紹介しますから、パーティーを、楽しんで下さいね」

と、いった。

その後で、連れの小万に、ちらりと、目をやって、

「小万ちゃんも、ようこそ」

とだけ、いった。

小万は、すねたような顔になって、

「うちは、添えものみたい」

と、小声で、平松に、いった。

平松は、苦笑して、

「そんなことをいわずに、二人で、せいぜい楽しもうじゃないか」

と、小万に、いった。

六時になると、恵子が、中央の舞台から、

「ちょっときいてください。これから恒例のパーティーに、なりますけど、その前に、特別に、京都府警の木下警部さんが、おいでになっていて、皆さんに、お話ししたいことがあるそうですから」

と、いった。

ママに紹介されて、京都府警の、木下という警部が、挨拶した。

「ここには、京都の、有力者の方々が、お集まりのことと思います。皆さん、さぞ、歌舞練場で起こった、毒殺事件については、ご心痛のことと、思います。われわれは、鋭意捜査に当たり、犯人を、逮捕したいと、思っておりますが、今のところ、これという、有力な容疑者は、見つかっておりません。亡くなった東京の、山本真理さんには、四人の仲間が、都をどりを見るために、同行していました。もちろん、この四人についても、調べておりますが、今のところ、この中に、犯人がいるという証拠も、出ておりません。今、このパーティーには、あの時、お茶を点てた、祇園甲部の芸妓さん、小万さんが、来ておれるようですが、小万さんが、犯人だという証拠は、まったく、ございません。もし、皆さんの中に、有力な情報を、お持ちの方が、ございましたら、ぜひ、われわれに、お知らせください。この際それを、ぜひお願いしたいと、思っています」

と、木下は、いった。

山本真理は、五人グループの、端に、座っていた。隣に座った人物が、隙を見て、お茶に、青酸カリを、投入したとの、見方が強まっていた。

木下警部の挨拶の後、女主人の中西恵子が、

「今日は無礼講なので、ゆっくりと、京都の春を、楽しんで下さいね」

と、挨拶して、パーティーが、始まった。

あの五条実篤が、いたのだが、彼は、なぜか、何の挨拶もしなかった。ひょっとすると、ただ、黙って、陰から、睨みをきかせている、そんなつもりなのかも、知れなかった。

パーティーには、先斗町の、舞妓と芸妓が、三十人近く、呼ばれていた。小万の所属する祇園甲部は、四月一日から都をどりが始まっているが、先斗町のほうは、五月からの鴨川をどりである。だから、先斗町から、呼んだのかも、知れなかった。

ママの恵子が、木下警部を連れて、平松のそばにやってきた。ママは、あらためて、平松を木下警部に紹介した。

「四月三日の事件は、あなたのお父さんの、会社が、関係しているから、さぞ、ご心配でしょう？」

と、木下が、いった。

平松は、笑って、

「オヤジは、別に心配していないみたいですよ。うちの会社の招待客が、亡くなったわけですが、しかし、これは、うちの会社とは関係のない、突発的な事件だと、思っています。オヤジも、僕に対して、事件のことは、心配せず、予定通り一年間、ゆっくりと、京都で遊んで来い、そういってくれています」

と、いった。

「大変、ものわかりのいいお父さんで、平松さんは、幸せですな」

と、木下は、お世辞とも、嫌味とも、つかない言葉を口にした。

平松は、相手の言葉を、素直に受け取って、

「オヤジは、変わり者ですが、僕は、尊敬しているんです」

招待状にあった葛西弁護士の言葉どおり、平松が小万と一緒に、パーティー会場を見回すと、京都市長をはじめ、京都市議会の議長や、議員が来ているようだし、また、京都の主だった企業の社長たちも来ていた。

そのうえ、小万にいわれて、平松が、ビックリしたのは、京都の有名な、寺院の住職が、顔を見せていることだった。

京都では、いちばん力を、持っているのは寺だといわれている。寺の意向をまったく無視しては、京都市の政治は、行われない。

それに、お寺のお坊さんは、なかなかの遊び人である。お茶屋で、会ったこともあるし、AKクラブのカウンターに、ずらりと、寺の住職が並んでいたこともあった。

もちろん、私服で来ているのだが、それでも寺の住職が、遊ぶことに関して、京都の市民は、別に、非難するようなことはしないらしい。

以前に、お茶屋で会った、ある寺の住職は、平松に向かって、

「いつか、本当の、京都の遊びを、お教えしましょう」

と、ケロリとした顔でいって、彼を驚かせたことがあった。

そんな寺の責任者や、住職が、ズラリと顔を揃えているのは、たぶん、五条実篤の力のせいだろう。

寺と市が、何かの問題で、対立した時、その交渉役を、買って出て、何とか、解決させたのは、五条実篤だという、噂だったからである。

桜の下には、舞台が、設えてあって、そこでまず、先斗町の舞妓と芸妓による舞が始まった。それを、平松が、小万と一緒に見ていると、葛西弁護士が、そばに来て、

「平松さんに、五条実篤さんが、話があるそうですよ。お一人で、来ていただけませんか？」

と、小声で、いった。

骨董品の店での、一件については、知ってか知らずか、何も、話してこなかった。

平松が、小万に断って、庭から母屋のほうに、入っていくと、そこに、五条実篤が、一人で、和室に座っていた。今日は、五条実篤は、和服姿である。

「まあ、座ってください」

と、五条は、平松に、いってから、

「四月三日の事件については、ご心痛だとお察ししますよ」

と、いった。

「同じことを、木下警部さんにも、いわれたんですが、僕は、心配していません。東京のオヤジも、心配していないようですし」

と、平松が、いった。

「なるほど、確かに、あなたの顔は、心配していない顔だ。しかしね」

と、五条は、急に声をひそめて、

「こういう事件は、時には、急に大きくなって、手に負えなくなることが、あるんですよ。これは、私の経験です。もし、そうなった時に、助けが欲しければ、遠慮なく、私にいって欲しい。京都で起こった問題の大半は、私の力で、解決できていますからね」

と、いった。

その自信満々な様子に、平松は、軽い反感を覚えながらも、そこは、逆らわずに、

「もし、困ったことがあったら、遠慮なく、五条さんに相談しますよ」

と、いった。

「よく覚えておいてください。京都は、面白い町でね。政治家にも、警察にも解決できないことが、時々起こるんです。そういう時は、私のような、世捨て人のほうが、かえって力になれる。そういう町なんですよ、京都は」

と、五条は、いった。

「五条さんが、世捨て人とは、到底思えませんが」

と、平松が、笑うと、

「私がいいたいのは、つまり、私には、何の欲もない。政治家になろうとも、思わないし、権力を、握ろうとも、思わない。だから、普通では、とても、解決できないような問題が、起きた時に、私の出番に、なるんですよ。今は、平松さんは、何もわかっていらっしゃらないと思うが、そういう事件に、出くわすことが必ずある。あなたは、一年間も京都で遊ぶわけですからね。その時には、忘れずに、私のことを思い出してください。必ず、力になれますから」

と、五条は、いった。

「ありがとうございます」

とだけ、平松は、いった。そんなことになるとは、思えなかったからだが、それでも、五条は、じっと、平松を見つめて、

「今、あなたに申し上げたいことは、それだけです。何かあったら、今もいったように、私の名前を、思い出してください。そうすれば、あなたは、救われる」

と、半分脅かすように、いった。

その後、平松が部屋を出ようとすると、五条は、呼び止めて、

「今、私がいったことは、葛西という弁護士先生には、いわないほうが、いいでしょう。

あの弁護士先生は、ちょっと、おしゃべりだから」

　と、笑った。

　平松が、パーティー会場に戻ると、小万が、心配そうに、寄ってきて、

「五条先生、何の用どした？」

　と、きいた。

「何だか、よくわからない話でね」

　と、平松は、いった。

「あの先生、また、京都の本当の遊びを、教えてやると、平松さんを、誘わはったんと違いますか？」

　と、小万が、きいた。

「それは、この間いわれたことで、今日は、そうじゃなかった。どうもよくわからないんだが、何かあったら、助けてあげる、それだけいわれた」

　と、平松は、いった。

「それって、四月三日の、あの事件のことどっしゃろ？」

　と、小万が、きいた。

「そうかも知れないが、あの件については、僕は、何も心配していないんだ。さっき挨拶した、京都府警の木下警部が、ちゃんと、捜査してくれているだろうしね。それに、東京

のオヤジと電話で話したら、あの事件は、会社の経営には、ほとんど、影響はないといっていたし、僕に対しては、予定通り、京都で、一年間遊んでこいと、いってくれている。ただ、五条実篤さんは、こんなことを、いっていたんだ。今は、四月三日の事件は、何の問題もないかも知れないが、そのうちに、訳のわからない大きな事件に、発展するかも知れない。その時には、この京都では、政治家も警察も頼りにならないから、私に、助けを求めなさいといってくれた。何でも、あの先生のように、何の欲もない、世捨て人のほうが、事件について、解決の方法を持っている、と」

と、平松が、いうと、小万は、笑って、

「あの五条先生が、何の欲もない世捨て人どすか？」

「そうじゃないのか？」

「世捨て人なんて、アホらしい」

と、小万は、また、笑った。

「同感だけど、何しろ、五条さんは、自分で世捨て人だと、いっているんだから」

と、平松は、いった。

「あのＡＫビルだって、本当の持ち主は、五条先生だという人も、いはるんどす。それに、あの先生は、会社を持っているわけやおへんけど、個人資産は、莫大《ばくだい》なものがあるし、政界や財界や、それに、怖い方にも、特別なコネがあって、何かあると、それを、総動員して圧力を、かけはるんどす。そんなウワサを聞いてます」

と、小万が、いった。

「じゃあ、この京都では、いちばん怖い人なんだ」

と、平松は、笑った。

「そうどす。いちばん怖い人どす。だから、むやみに、五条先生に近づかないでおくれやす」

と、小万は、真顔で、いった。

「そうか、いちばん怖い人か」

と、平松は、いったが、少しも、怖がっているようには、見えなかった。

この夜の派手なパーティーのことは、翌日の新聞に、大きく載った。なぜか、その新聞記事には、市長や財界人たちの名前と一緒に、平松の名前も、載っていた。そこには、東京のアパレルメーカーの、有力会社の御曹司で、京都には、一年間、遊びの修業に、来ていると、平松のことを、紹介してあった。

新聞記事のせいか、突然、東京の週刊誌が、取材にやってきた。平松は、別に苦にもならないので、その夜、週刊誌Nの記者と、カメラマンを、祇園の一力に、招待することにした。

舞妓三人と、芸妓三人を呼んだ。豪勢に招待するのも面白いと、思ったのだ。三人の芸妓の中には、小万も、入れておいた。

お茶屋では、料理は、仕出屋から持ってくる。それも、特に頼んで、豪華なものにしてもらった。

小万には、なるべく盛大にやって、大騒ぎしたいと、いった。

「そんなことをして、週刊誌に、変なふうに書かれはっても、いいんどすか？」

と、小万は、心配そうに、きいた。

「それでいいんだ。そのために、僕は京都に来ているんだから」

と、平松は、笑った。

週刊Nの記者と、カメラマンには、午後七時に、一力に来てもらい、舞妓と芸妓のはいった、夕食が始まった。

カメラマンは、四十代の男で、記者のほうは、三十五、六歳の女性だった。その二人の客をもてなすために、舞妓三人と芸妓三人、それに、地方《じかた》さんまで、呼んだのだから、部屋の中は、女性の、白粉《おしろい》の匂いで、充満してしまった。それに、酒の匂いが加わる。

女性記者は、皮肉な目つきをして、

「私が男だったら、こんな、盛大な、お茶屋遊びをしてくださって、感謝するでしょうけど、あいにく、私は女ですから、それほど、感動もしませんし、書きたいことは、ちゃんと書きますよ」

と、いった。

平松は、笑って、

「あなたたちは、僕が、京都で、どんな生活をしているのか、それが知りたいんでしょう？　一年間、京都で、遊びの修業を、するなんて、バカな男だと、思っていらっしゃるんじゃありませんか。だから、僕の日常を、知ってもらいたいから、ここにご招待した。夜になると、こうやって、お茶屋遊びをしている。それも、大金を使ってね。その実態を、知りたいんでしょうから、だからこうして、舞妓や芸妓を呼んだんで、それを、そのまま、書いてくだされぱいいんですよ」

「本当に、そのまま書いていいんですか？　盛大なバカ騒ぎと、書きますよ」

と、女性記者が、いった。

「どうぞ、書いてください。僕が今までにわかったのは、京都では、遊びは、別に、罪悪じゃないことです。関西歌舞伎の役者さんの中には、芸妓の家から、劇場に通った人もいるし、西陣の職人さんは、毎日のように、お茶屋で遊んで、自分の腕を磨いたといいますからね。それが、非難されはしない。家庭を持っている人間が、舞妓や芸妓を囲っても、それが、京都では、批判の対象にならないばかりか、一種の社会的な、ステータスになるんですよ。そういう世界なんです。僕は、そういう世界に、溶け込んでみたい。楽しいですからね。だからこうして、お二人にも、お茶屋遊びに、付き合っていただきたかったんですよ」

と、平松は、いった。

「それは、もう、時代が、違うんじゃありません？」

と、女性記者が、いった。

「つまり、今、僕がいったことは、全部昔のことで、今はもう、そんな京都の遊びは、ないと、いうことですか？」

「ええ、そう思います。それに、平松さんは、きいたところでは、京都で、一年間遊んで、一億円ぐらい使う、そういうおつもりなんですってね？」

「そうです。使いたいと、思っていますよ。そのくらい使わないと、京都では、本当の遊びは覚えられないみたいですからね」

「でも、その一億円を、もっと、有意義に使う方法が、あるんじゃありません？」

と、その女性記者が、きいた。

平松は、笑って、

「週刊Nって、面白さで売ってるんでしょう？　その週刊Nの記者さんが、意外に、つまらない質問を、するんですね」

「あなたのインタビューを、取ることになって、私の知り合い十人に、電話をしてみたんですよ。あなたのことを、どう思うかって。そうしたら、五人は、うらやましいといって、あとの五人は、バカなことをやっている、そういっていましたよ」

と、女性記者は、いった。

「それをきいて、ホッとしましたよ。全員が、僕の一年間の遊びに、賛成だったら、むしろ、自信がなくなって、止めるかも、知れませんからね」

と、平松は、いった。

「写真を、勝手に、撮ってもいいですか？」

と、カメラマンが、傍から、きいた。

それに対しても、平松は、

「芸妓さんたちが、お茶屋遊びの真髄を、教えてくれるから、どんどん話を聞いて、どんどん写真を、撮ってくれて構いませんよ。ただ、僕だって、今、遊びたいんだから、一緒に遊ぼうじゃありませんか」

と、いった。

平松は、酒もグイグイ飲んだ。不思議なことに、週刊誌が、取材に来たことで、何か、開放されたような気分に、なってきた。

その最中に、下から、女将《おかみ》さんが、上がってきて、

「葛西弁護士さんから、お電話どす」

と、平松に、伝えた。

平松は、階段を降りて、女将さんの部屋にいった。

女将さんから、渡された受話器を、取る。

「平松ですが」

と、いうと、

「弁護士の葛西です。あなたに、どうしても話しておきたいことがあるので、遅い時間ですが、これから私の事務所に来てくれませんか？」

と、葛西が、いった。

「どうして、僕の携帯電話に、かけてくれなかったんですか？」

と、平松が、きいた。

「そちらは、今、宴会の最中でしょう？　そこへかけて、私からの電話だと、知られると、ちょっと、困るんですよ」

と、葛西は、秘密めかして、いった。

「何か、変な話でしたら、困りますが」

と、平松は、いった。

「いや、そういう、おかしな話じゃないんです。真面目《まじめ》な話ですよ。どうしても、今夜中にこちらに来てください。私の事務所の場所は、わかっていますね？」

と、葛西が、いう。

「知っていますが、今、週刊誌の取材の途中なので、それが終わってからじゃないと、そちらには、行けませんが」

「いいですよ。今夜は、ずっと起きて、あなたを待っていますから」

と、葛西は、いった。

電話を済ませてから、平松が、二階に上がっていくと、廊下で、小万が、待っていた。

「何か、大事な、お電話やったんどすか？」

と、小万が、きいた。

「葛西弁護士が、電話をかけてきたんだ」

「何の用で？」

「ずっと、待っているから、遅くなっても、今夜中に、必ず事務所のほうに来てくれといっている。大事な用があるらしい」

「あの弁護士さんには、注意したほうがよろしおす。あの人、優しそうな顔をしているけど、みんなの、スパイをしているという、話どすえ」

と、小万が、いった。

「みんなのスパイか」

「へえ、特に、ＡＫクラブのママや、五条実篤さんの、スパイをしているってウワサどす」

と、小万が、いった。

「じゃあ、そのつもりで、会ってくるよ」

と、平松が、いう。

「うちも、一緒に行きます。何か、心配やから」

と、小万が、いった。

一力での遊びは、十二時を過ぎても続いた。

週刊Nの女性記者も、カメラマンも、したたかに酔っぱらって、ご機嫌で、帰っていった。

その後で、平松と小万は、タクシーを呼んで、四条通にある、葛西弁護士の事務所に、向かった。

葛西弁護士の事務所に着いたのは、午前一時近かった。通りから見ると、雑居ビルの、四階の、事務所の辺りに、明かりがついている。

「こんなに遅う、いったい、何の用どっしゃろ？」

と、小万が、いった。

「それを、葛西さんは、いってくれないんだ。とにかく、待っているから、何時になってもいいから来てくれ、っていうだけで」

と、平松は、いった。

「どうせ、ようないことに、平松さんを誘うつもりどっしゃろ？　うちが一緒やから、変な誘惑には、乗らせまへんえ」

と、小万は、しっかりとした口調で、いう。

二人は、エレベーターで、四階まで上がっていった。四階のほとんどを、葛西弁護士法律事務所が、占拠していた。

ドアを開けて、中に入っていく。

「葛西弁護士は、いらっしゃいますか？」

と、平松が、大声で呼んだ。

しかし、中からは、何の返事もない。

「葛西先生、隠れんぼは、止《や》めとおくれやす」

と、小万が、同じように声を、かけたが、やはり、何の返事も、なかった。

事務所の中は、明かりがついていて明るい。その奥のほうに、所長である葛西の部屋が、あった。

「待ちくたびれて、どこぞに遊びに、おいきやしたんやろか？」

と、半ばふざけて、小万は、いいながら、所長室のドアを、開けた。

十畳ほどの広い所長室には、やはり、人の姿はない。

「やっぱり、退屈して、どこぞへお行きやしたんや。うちらも帰りましょうな」

と、小万が、いう。

「ちょっと、待って」

と、平松が、いった。

「何どす？」

「奥の金庫の前に、書類が、散らばっている」

と、平松が、いった。

「そうどすな。用心の悪いこと」

と、いいながら、小万は、床に散らばっている書類の一つを、手に取って、それを机の上に乗せた。

「それにしても、おかしいな」

と、平松が、いった。

「何がどす？」

「何の書類か、わからないが、こういう法律事務所では、書類というものは、とても、大事なもののはずなんだ。それを、床に散らかしたままで、葛西先生は、どういうつもりなんだろう？」

「きっと、酔っぱろうて、金庫の中の書類を、ばら蒔《ま》かはったんと、違います？」

「しかし、それならどうして、今夜、何時になっても、待っているから、ぜひ、事務所に来てくれなんて、そんなことを、僕にいったんだ？」

と、平松は、いった。

「でも、葛西先生、どこにもおいしまへんえ」

と、小万が、いう。

平松は、目の前の、大きな金庫に、目をやった。その中にあった書類を、誰かが、大量に、床にぶちまけたらしい。

平松は、金庫の取っ手に、手をかけた。しかし、カギがかかっているとみえて、びくともしない。

「その金庫、どないするつもりどす？」

と、小万が、きいた。

「今、それを考えているんだ。所長の葛西弁護士が、自分から、金庫の中の、書類を、ぶちまけるはずはないんだ。それに、ここで僕を、待っていることになっていたんだ。とすると、ここに、押し入った人間がいて、その人間が、やったことに違いない」

「それって、どんなことどっしゃろ？」

と、小万が、きく。

「僕にもわからないが、何か、ここで、事件があったような、気がするんだ」

「それなら、警察に知らせはったら、どうどす？」

と、小万が、少し青い顔になって、いった。

「そうだな。ママの別邸で会った、木下という警部さんに、電話をしてみよう」

と、平松が、いった。

平松はすぐ、府警本部の木下警部に、電話をかけた。

「今、四条通の、葛西弁護士の事務所にいるんです。どうも、ここで、事件があったようなので、すぐ、来ていただけませんか？」

と、いった。

「事件って、どんなことですか？」

と、木下は、冷静な口調で、きく。

「今いったように、はっきりとはわからないのですが、今夜、葛西弁護士から、ぜひ話をしたいことがあるので、事務所に来て欲しいと、いわれたんですよ。ところが、来てみると、誰もいない。その上、事務所の中が、荒らされているんです。何かあったに違いありません。ぜひ、すぐ、こちらに来て、調べていただきたいのです。そうですね。ここにある金庫を開けたほうがいいと思うので、その専門家も、ぜひ、連れてきてください」

と、平松は、いった。

「今、そちらは、一人ですか？」

と、木下が、きく。

平松は、

（変なことをきく警部だな）

と、思いながら、

「いえ、連れが、一人います」

とだけ、答えた。

二十分後、木下警部たちが、二台のパトカーで、やってきた。サイレンを鳴らしてこなかったのは、まだ事件かどうか、わからないからだろう。

木下は、部下の刑事二人と、四階に上がってくると、平松のそばにいる、小万に向かって、

「確か、あのＡＫクラブのママの、パーティーで、お会いしましたね？」

と、いった。

「へえ、小万どす」

と、小万が、いった。

「僕の遊びの師匠ですよ」

と、平松が、いった。

木下は、所長室を、ぐるりと見回してから、

「何がおかしいと思ったのですか？」

と、平松に、きいた。

「この所長室の、雰囲気ですよ。金庫の中のものと思われる書類が、ばら蒔かれているし、そのくせ、金庫は、閉まっている。その二つを考えると、この金庫の中に、何かあるんじゃないか、そう、思えてきたんです」

と、平松が、いった。

木下は、連れてきた専門家に頼んで、金庫を、開けることにした。金庫の暗証番号がわからないので、プロの職人たちは、ハンマーやドリルを、使って、金庫を開けることになった。

やかましい音が、十分くらい続いた後で、

「開きましたよ」

と、職人の一人が、いった。

木下警部が、取っ手を、つかんで、金庫のドアを開けた。

途端に、それを見ていた小万が、

「あッ」

と、声をあげた。

刑事たちも平松も、無言だった。

大きな金庫の中に、人間が一人、折り曲げられて、押し込まれて、いたからである。

それは、間違いなく、この事務所の主である、葛西弁護士だった。きちんと背広を、着たまま、殺されている。後頭部に、裂傷があり、のどには黒い紐が、巻きついていた。

木下は、携帯を取り上げると、府警本部に電話をかけた。

「すぐに、鑑識を、よこしてくれ。殺人事件だ」

と、木下は、いった。

鑑識が到着して、写真を撮ったり、指紋の採取をしている間、平松と小万は、所長室の外で、木下警部の、質問を受けることになった。

「今夜、一力で、遊んでいる時に、葛西弁護士から、電話がかかってきたんですよ」

と、平松が、説明した。

「どうしても、会って話したいことがあるので、いくら遅くなっても構わないから、事務所に、来てくれ、待っている。そういわれたので、ここに来たんです」

「小万さんは、どうして一緒に来たんですか?」

と、木下が、きく。

「ちょうど、一力さんでの宴会で、一緒どしたし、それに、葛西弁護士さんは、変な遊びを、平松さんに教えはるさかい、うちは、用心棒のつもりで、一緒に来たんどす」

と、小万が、いった。

すね？」

「平松さんに、葛西さんは、どうしても今夜中に、話したいことがある、そういったんで

と、木下は、平松に、念を押した。

「そうです。そうでなければ、こんなに遅い時間に、この事務所には、来ませんよ」

と、平松は、いった。

「それで、何の話なのかということは、きいたんですか？」

「いいえ、きいてません。一応、たずねたのですが、とにかく、会って、話をしたいとだけ、いわれたんですよ」

「その電話を受けた時、葛西弁護士は、どんな感じでした？」

と、木下が、きいた。

「そうですね。僕は、携帯電話を持っているんだけど、それにはかけてこないので、どうしてかと、理由を、きいたら、そちらは、宴会をやっているようだから、もし、話が、漏れたら困る、大事な話だからと、葛西弁護士さんは、いっていました」

「それは、あなたにとって、大事な話という意味でしょうか？」

と、木下が、きく。

「そうでしょうね。弁護士さんというのは、依頼主があって、依頼主のために、働くわけですから、弁護士さん自身の個人的な理由で、僕を呼ぶとは、思えません。だから、僕に

とって、大事な話ということだと、思いますよ」

　と、平松は、いった。

「あなたにとって、大事な話ね」

　と、木下は、考え込んでしまった。

　その後で、

「あなたにとって、大事な話というと、四月三日の、例の事件のことですかね？」

「そうかも知れませんが、しかし、あの事件については、木下さんたちが、きちんと調べてくれているんでしょう？　それに、僕のオヤジは、あの事件は、会社にとって、何のダメージでもないといっているんです。僕は、予定通り一年間、京都で遊ぶつもりですから、あの事件が大事なことだとは、ちょっと、思えません」

　と、平松は、いった。

「あなたにとって、大事な話というのは、どういうことだろう？」

　と、木下が、いった。

「あなたは、確か、お父さんに、一年間、京都で遊んで来い、一億円使うようにいわれているそうですが、本当なんですか？」

　と、木下が、きいた。

「本当ですよ」

「一億円もの大金を、遊びなんかに使うなと、この弁護士さんは、あなたに、忠告でもするつもりだったのだろうか？」

と、木下が、きく。

平松は、首を横に、ふって、

「いや、それは、考えられませんね。一億円は、僕のオヤジが、とにかく、使えといって、くれたもので、大金を使えば、それだけ、人間が賢くなる、そういう主義の、オヤジなんですよ。だから、あのオヤジが、葛西弁護士に、そんな忠告めいたようなことを、頼むはずはないし、第一、そんなことをしても、葛西弁護士さんには、一文の得にも、ならないでしょう」

と、平松は、いった。

木下は、チラリと、小万に目を向けて、

「あなたは、どう思います？」

と、きいた。

「そうどすなあ。うちも、平松さんに賛成どす。平松さんが、どんなふうに、お金を使わはろうと、あの弁護士さんには、何の関係も、あらしまへん」

と、小万は、いった。

葛西弁護士の遺体は、司法解剖のため、大学病院に、送られることになった。

鑑識はまだ、部屋の写真を撮ったり、指紋を、採取したりしている。

そのあわただしさの中で、ふと、木下警部が、

「そうだ、忘れていましたが、ぜひ、あなたに、会いたいという人が、いるんですよ」

と、平松に、いった。

「どういう人なんですか？」

と、平松が、きく。

「私の友人なんですがね。あなたのことを、話したら、今時、珍しい。あなたも、珍しい。一億円もの大金を使って、一年間、自分の息子を、京都で遊ばせようと、考える父親も珍しい。そんな、人間に、ぜひ、会ってみたい。そういう人が、いるんです。こんな時に、紹介するというのも、ちょっと、おかしいですが、明日、あなたのところに、連れていっても、いいですか？」

と、木下が、いった。

「そうですね。僕の主義としては、来る者は、拒まずだから、構いませんが、いったい、どんな人なんですか？」

と、平松が、きいた。

「今もいったように、私の友人ですから、中年です。四十歳になるまで、わりと、真面目に働いてきた、サラリーマンなんです。四十にして、惑わずといいますが、この男は、四

十になって、惑い出したんですよ。今まで、謹厳実直に、会社勤めをしていたのだが、自分にとって大きな損害だ、今からでも、遊びを覚えたい、そんなことを、いい出しましてね。そんな話を、前々からしていたんです。そんな時に、あなたの話を、したものだから、すぐに、飛びついてきましてね。できれば、あなたと話をしたり、京都で遊んでみたい、そんなふうに、いっているんですよ。もし、よければ、明日、あなたのマンションに、連れていきますよ」

と、木下が、いった。

その話をきいていた小万が、

「変な人を、紹介しはるのと違います？」

と、きいた。

「いや、そんなことはありません。そうだ、小万さんにも、彼の遊びの指南を、してもらおうかな」

と、木下が、いった。小万は、ニッコリして、

「うちは、芸妓どす。きちんと、頂くものを頂ければ、喜んで、遊びを、お教えします」

そのあと、木下は、平松と小万に礼をいってから、

「もう引き上げてくださって、結構ですよ」

と、いった。

平松は、小万と一緒にビルを出た。

「暖かい夜どすし、歩いて行きましょか？」

と、小万が、いった。

四条通も、さすがに、この時間はひっそりと静かである。ただ、タクシーや乗用車だけが、通り過ぎていく。

「いいね。夜歩くのも悪くない」

と、平松が、いった。

「まず、君を送っていくよ」

と、平松は、いい、並んで、歩き出した。

「どないなってるんどっしゃろ？　ここにきて、妙なこと、ばっかり起こって、気味が悪くて仕方おへん」

と、小万は、いいながら、そっと、手を握ってきた。

「そうだね。四月三日に、妙な事件が、起きたかと思ったら、今度は、葛西弁護士が、殺されてしまった。それに、君のストーカーのこともある。小万ちゃんがいうように、何かおかしいな」

と、平松が、いった。

「あの葛西はん、悪徳弁護士さんに、決まっているから、誰かに、恨まれて、殺されたんと、違いますか」

と、小万が、冷たいことを、いった。

「しかしね、今夜は、わざわざ、僕に会いたいといってきたんだ。だから、僕のために、殺されたということも、考えられるよ」

「そんなこと、あらしまへん。だって、平松はんが、人から恨まれること、何も、ありまへんやろ? そやから、平松はんのことで、あの弁護士さんが、殺されることなんて、何もないはずどす」

と、小万が、いった。手は、相変わらず握りしめたままだ。

「それにしても、あの木下さんも、おかしなことをいわはるもんどすなあ。自分のお友だちが、平松はんと一緒に、京都の遊びを、勉強したいやなんて」

と、小万が、いった。

「それだけ、京都の遊びは魅力的なんだろう。きっと、東京で長年サラリーマン生活を、していて、急に、人生が、空《むな》しくなってしまったんだと思うね」

と、平松が、いった。

「でも、平松はん、人に騙されやすいから、用心しておくれやす。何しろ、一億円どっさかい」

と、小万が、いった。

「一億円って？」

「一億円の、遊びの授業料なんて、そんな人、今どきほかにいてはらしまへん。だから、羨《うらや》ましくなって、平松はんに、奢《おご》ってもらおう、一緒に遊ばしてもらおう、そんな人と、違いますか？」

と、小万は、いった。

「それならそれで、構わないじゃない。一緒に、遊んでやるよ」

と、平松は、呑気に、いった。

翌日、平松が、昼近くまで、眠っていると、玄関のチャイムを鳴らす者が、あった。あくびをしながら起き上がって、インターホンに、

「どなたさん？」

と、きくと、

「京都府警の木下です。例の友だちを、連れてきたので、会ってくれませんか？」

と、相手が、いった。

その言葉で、平松は、昨日の約束を思い出した。あわてて、

「支度をしますから、この近くの、喫茶店で待っていてくれませんか？　プチドールという喫茶店が、あるんですよ」

と、いった。

平松は、すぐに、顔を洗い、服を着替えると、その喫茶店に、急いで行った。

昼前なので、喫茶店は、空いている。そこに、木下警部と、同じ四十代の男が座って、平松を待っていた。

「ご紹介します。僕の友人で、あなたを見習って、京都で、遊びを楽しみたい、これまでの無味乾燥な、サラリーマン生活の二十年を、取り返したいそうです。ですから、よろしくお願いします」

と、いった。

その友人は、

「木下君がいったように、遊びにはまったくの、素人でしてね。何とか、京都で優雅な遊びを、勉強したいんですよ。よろしくお願いします」

と、いった。

「木下さんの友人というと、警察の方ですか？」

と、平松が、いうと、

「いや、平凡な、ただのサラリーマンです」

とだけ、男は、いった。

「お名前を、おききしたいのですが？」

と、平松が、いった。

「何とか優雅に、遊びたいので、名前は、勘弁してもらえませんか？　本名をいってしまうと、遊びが、窮屈になりますから」

と、男は、一人前なことを、いう。

平松は、笑って、

「そういう、用心深さだと、本当の遊びは、できませんよ」

「そうですかね。仮名では、優雅に、遊べませんか？」

「そうですよ。鎧《よろい》を着て、お風呂に入る人は、いないでしょう」

と、平松が、いうと、

「そうですな。私の名前ですが、十津川といいます。奈良県の、十津川村の十津川です。これからは、あなたに習って、京都の遊びを、楽しみたいので、よろしくお願いします。あなたは、私よりも、お若いけれども、今は先生だ」

と、十津川と名乗った男は、いった。

「それも困りますね。遊びに、先生も、弟子もいないんだから、一緒に、遊ぼうじゃありませんか。それに、僕もまだ、修業中なんですから」

第七章　誘拐

お茶屋に招待した十津川という男は、平松に、京都の本当の遊びを、知りたいといっていた。しかし、平松自身も、まだ、本当の遊びを、教えるほどの経験を、していない。

まあ、小万を呼べば、小万が教えてくれることになるだろうが、小万は、何といっても芸妓だし、女である。

だから、男の側、客の側としての遊びを、教えてくれる人として、平松は、あの老人に、頼むことにした。後楽先生と呼ばれている、老人である。

老人に会って、平松が、お茶屋に誘うと、

「そんな金はない」

と、いった。

「僕の招待ですよ」

と、平松が、笑って、いうと、

「そうか、あんたの招待か。それは、いい」

と、老人は、ニッコリした。

「じゃあ、招待に応じてくれますね？」

と、平松が、きいた。

「もちろん、承知だ。遊びで、いちばんいいのは、人に奢ってもらうことだからな。ただし、ケチな奢りでは、困るよ」

と、老人は、いいたいことをいう。

「構いませんよ。遊びとなれば、いくらでも使いますから」

と、平松が、いうと、

「何か、条件があるんじゃないのかね？」

と、老人が、きいた。

「一つだけ、お願いがあるんですよ」

と、平松が、いうと、老人は、ニヤリとして、

「そんなことだろうと思ったよ」

「東京から、十津川という、中年の男性が遊びに来ています。彼は、僕に遊びを、手ほどきして欲しいというのですが、僕には、そんな資格はない。ですから、先生に助けていた

だきたいんです。本当のお茶屋の遊びを、指南して下さい」

「あんたには、ちゃんとした、先生がいるじゃないか。あの芸妓さん」

「小万ちゃんですか？」

「いい先生になるんじゃないのかね」

「確かに、そうなんですが、彼女は、あくまでも、芸妓さんですから、芸妓の立場でものをいいますからね。先生には、客の心得を、教えてもらいたいんですよ」

と、平松が、いった。

「私は、教えるのは苦手だが、その十津川というのは、どんな男かな？」

と、老人は、急に、興味を示して、いった。

「年齢は、四十歳ぐらいです。彼が話したところによると、今まで真面目に、サラリーマン生活を送ってきた。気がついたら、全く遊びをやっていない。これから、その遊びを勉強したい。そうしないと、本当の人生の楽しさが、わからない。そんなことを、いっているんですが」

「それは、典型的な、真面目サラリーマンの話だ。みんな、中年になると、突然、これでいいのかと、迷うんだ。その典型的なヤツだろう。そういうヤツは、本当は、遊びで失敗して、後悔すれば、いちばん勉強になるんだがな」

と、老人は、笑って、いった。

平松は、苦笑して、

「そんなことをいわずに、何か教えて、やってくださいよ。とにかく今夜、お座敷を持ちますから」

と、平松は、いった。

平松は、いつものお茶屋藤田で、一席を設けた。

小万を入れて、芸妓三人、それに、小鈴たち舞妓が三人、それから、地方《じかた》さんである。

平松は、あらかじめ、お茶屋の女将《おかみ》さんに、

「今日は、後楽先生を、呼んでいるから、酒をたくさん用意しておいてくれないか。先生、よく飲むから」

と、いうと、女将さんは、眉をひそめて、

「あの先生、酔うと、すぐに、寝てしまわはりますえ。それでも、よろしおすか？」

と、いった。

「実は、あの先生に、今日、僕が招待をする客に、本当の遊びを、教えてもらおうと思っているんですよ」

と、平松が、いうと、女将さんは、今度は、

「それなら、先生を、眠らしたら、あきまへんなあ」

と、いった。

宴会が始まってすぐ、平松は、小万を廊下に、呼び出して、

「最初は、後楽先生には、あまり酒を飲ませないで欲しいんだ。一緒に来た十津川という人に、京都の、本当の遊びを、教えたい。それには、後楽先生が、格好の先生だ。だから、先生に酔っぱらわれては、困るんだ」

と、いった。

小万が、笑って、

「先生に、お酒をひかえさせるなんて、できしまへんえ。うちが、注《つ》がへんかったら、あの先生、自分でどんどん、飲んでしまわはるさかい。それよりも、うちは、平松さんが連れてきはった十津川さんという人のことが、気になって仕方ありまへん。何か、怪しい人みたいで、気になるんどすけど」

と、いった。

「東京の真面目なサラリーマンが、あまり遊びを、知らないで、あの歳まできてしまったんだ。人生が空しくなって、京都で遊びを、覚えたいというんだから、小万ちゃんも、一緒になって、遊んであげて、欲しいんだ」

と、平松は、いった。

「遊び慣れてはらへん人やということは、すぐ、わかりましたけど、何やら、怪しゅうて、油断のならへん人のように、思えます。大丈夫なんどっしゃろか？」

と、小万が、きいた。

「とにかく、遊びを、覚えたいというんだから、いいじゃないか。僕だって、同じようなもんだ」

と、平松は、ニコニコと笑った。

「平松さんとあの人は、えろう違います。平松さんは、ええ人やけど、あの十津川さんは、うちには、何か、けったいな人に、見えます」

宴会が、始まった。小万がいった通り、小万やほかの芸妓たちが、老人には、なるたけ酒を勧めないようにしていると、老人は、手酌で飲み出して、どんどん、ピッチを上げていく。

老人が、泥酔してしまったら困るので、適当な時を見計らって、平松が、

「後楽先生に、おききするんですけど、どうしたら、本当の遊びを楽しめるのでしょうか?」

「ずいぶん、難しいことを、きくもんだねえ。それがわかっていれば、わしだって、もうとっくに、極楽往生を、遂げているよ」

と、老人は、いった。

それでも、平松は、

「僕も、京都で、これから勉強するんですが、十津川さんも、この京都で本当の遊びを知

りたいんだそうですよ。ですから、その道の達人である、後楽先生に、ぜひ教えていただきたいんですよ。どうしたら、本当に遊びを楽しめるんでしょう？」

老人は、ギョロリと、平松を見、それから、隣りで飲んでいる十津川を見て、

「あんたたちは、本当に、遊びを、勉強したいのかね？」

と、きいた。

「もちろん、本当の遊びを、勉強したいのですよ。そのために、京都に来ているんですから」

と、平松が、いい、十津川も、

「同感です。私は、四十歳になりますが、今までの人生が、いわば、働きづめで、全く、余裕がなかったんです。ここに来て、京都で遊びの真髄を、覚えたい。どうか、よろしくお願いします」

と、いった。

「じゃあ、マジメに答えるか」

と、老人は、いってから、

「私は、絵が好きでね。ヒマがあると、絵を描いている」

と、老人は、妙に、生真面目な調子で、いった。

「絵と遊びとは、関係がありますか？」

と、平松が、きく。

「私は、日本画を、描くのだが、絵の先生は、池大雅《いけのたいが》と、与謝蕪村《よさぶそん》なんだ。この二人のことは、知っているな？」

「名前は知っていますよ。確か、江戸時代に活躍した南画の先生でしょう？」

と、十津川が、いった。

「この二人の先生は、ほぼ同じ時代に、絵を勉強している。池大雅先生は、自由自在に、さまざまな絵を、自分に取り入れて、それを咀嚼《そしゃく》して、大家になった。一方、俳人でもある蕪村先生だが、その道を、究めようとして、諸国を放浪した。その放浪の末に、一つの心境に達して、この人も、絵の大家になった。ところで、この二人の先生だが、京都でよく、お茶屋遊びをしているんだよ。つまり、その道でも有名だったんだ。同じ時代、同じ京都にいて、この二人の画家を、批評した人がいる。その人の言によると、こうなるんだ。池大雅は、真《まこと》があってよろしい。その点、蕪村は、ウソがある。しかし、二人とも、大家である。そういっているんだ。この言葉を、あんたたちは、どう思うかな？」

と、老人は、平松と十津川に、きいた。

「池大雅には、まことがあり、蕪村には、ウソがあるっていうんでしょう？　大雅のほうが、真実があるっていうんだから、真面目なんでしょうね。そして、蕪村のほうは、ウソがあっていうんだから、どこかに、ウソが見えている。そういうことじゃ、ありませんか？」

と、十津川が、いった。

「あんたはどう思うね？」

と、老人が、平松に、きく。

「僕も、同感ですよ。池大雅には、真実がある。それに比べて、蕪村は、ウソだ。二人の生き方を、いっているんでしょう？」

「あんたたちは、それだから困る。今もいったように、池大雅も蕪村も、京都のお茶屋さんで遊んでいるんだ。その二人を、京都人が評しているんだから、それを考えてもらわんとな。今みたいな答えでは、この京都で遊びの名人には、とてもなれんよ」

と、老人が、いった。

「それは、どういうことなんですか？」

と、十津川が、きいた。

「いいかね、このお茶屋さん、つまり、花街で遊ぶ時は、遊びは、遊びと、割り切らなくちゃいかん。それが、遊びというものだ。遊びに、本気を入れては、いかんということだよ。池大雅は、お茶屋さんに来て、きれいな座敷で酒を飲み、きれいな、舞妓さんや芸妓さんに、囲まれたって、楽しく遊んだ。ホレたの、ハレたのというのは、東京でいう野暮

京都感情案内（上・下）新装版

西村京太郎

人間修業をしてこいと父親から一億円を渡され京都へ来た青年は、芸妓や弁護士、骨董の目利きらと知り合うが、都をどりのさなか彼の目前で殺人事件が！

●上748円
下682円

敗れても 敗れても

東大野球部「百年」の奮戦

門田隆将

二〇一九年に「創部百年」を迎えた東大野球部。野球の「本質」とひとつの目標に向かってひた走ることの「価値」を思い出させる渾身のルポルタージュ。

●1012円

寄り添って老後

沢村貞子

八十一歳で女優業を引退した著者が、自身の「老い」を冷静に見つめユーモラスに綴る。永六輔との対談「お葬式を考える」を増補。〈巻末エッセイ〉北村暁子

●814円

評伝 ナンシー関
「心に一人のナンシーを」

横田増生

没後二〇年、異能の消しゴム版画家・ナンシー関の傑作評伝が待望の復刊。リリー・フランキー、宮部みゆきなど多彩なインタビューでその生涯に迫る。

●1100円

御《お》蔵《くら》入《いり》改《あらため》事件帳
消えた隠居資金

早見 俊

書き下ろし

御家人の本郷竹次郎が荻生但馬を訪ねてきた。「信玄講」という集団が、貧者たちの老後資金を騙し取っているというのだが……（表題作）。

●858円

新装版 マンガ日本の歴史
㉖大正デモクラシーと政党政治の没落

石ノ森章太郎

【全27巻】
以下続刊

第一次世界大戦の影響で日本経済は発展したが、昭和初頭の金融恐慌が民衆生活を破綻させ、軍部が台頭。一方で政党は力を失い、日本は世界から孤立してゆく。

●924円

『続横道世之介』を改題

というものだよ。それが、大雅さんには、よくわかっていた。ところが、蕪村さんには、わかっていない。つまり、蕪村先生は、芸妓にホレてしまったんだな、本気に。それで、必死になって、女を口説いてしまった。つまり、野暮の骨頂なんだよ。それを見て、当時の粋人は、大雅には真がある。つまり、本当の遊びがわかっている。それなのに、蕪村には、ウソがある。つまり、この花街に来て、本気で恋をしてしまう。それは、真ではなくて、ウソじゃないか。そういっているんだ」

と、老人は、いった。

その後で、杯を口に運んだ後、そこにいる舞妓や芸妓に向かって、

「わしのいうことは、あんたたちには、よくわかるだろう？　この花街に来て、お茶屋で遊んで、遊び心をなくして、本気でホレてしまったら、あんたたちだって、困るだろう？」

と、いった。

若い舞妓たちは、顔を見合わせて、

「うちら、どう答えたら、よろしいんどっしゃやろ」

と、笑っている。

芸妓のほうは、一人が、

「そうどすなあ。お茶屋さんに来て、本気で愛したの何のとかいわれても、ホントに、困ります。先生のいわはる通りどす」

と、いった。

「小万ちゃんは、どうなんだ？　あんたの意見をききたいもんだ」

と、老人が、小万を見た。

小万は、チラリと、平松に目をやってから、

「うちも、お茶屋さんで、遊び心をなくしたお客さんには困りますけど。そうどすなあ、本気でホレてくれはったら、それはそれで、嬉しいのと違います？」

と、いった。

平松は、後楽先生が、泥酔してしまったら困ると思っていたのだが、今夜の老人は、いくら飲んでも、酔わないみたいで、やおら、筆と墨、それに半紙を、持ってこさせると、何を思ったのか、平松と十津川、それに、小万の顔を、描き出した。

早い筆さばきで、たちまち、三枚の絵を、描き上げてしまった。

老人は、その絵を、畳の上に並べていく。それを見ていた三人の舞妓が、

「これ、何どす？　似顔絵どすか？　それにしては、ちっとも似てしまへんなあ」

と、一人が、いい、ほかの二人も、

「似てへん、似てへん」

と、いい出した。

老人は、

「バカをいっちゃいかん。これは、この三人の心象風景を、描いておるんだ」

と、いった。

「心象風景って、何どす？」

と、小鈴が、きく。

「この三人が、どんな運命を、背負っているか、それを、私なりに、推測して描いた絵だよ。この絵の中に、三人のこれからの人生がちゃんと、描かれている。それが、あんたたちには、わからんのか？」

と、老人が、いった。

「つまり、八卦《はっけ》見の絵どすか？」

と、舞妓の一人がいって、ケラケラと、笑った。

老人は、うるさそうに手を、振って、

「子供には、わからんのだ」

「へえー、うちらの運命が、わかる絵なんどすか？」

と、いって、小万が、その絵を覗《のぞ》き込んだ。

そのあとで、急に、眉をひそめて、

「これ、うちどすか。えらい、怖い顔をしてますなあ。うち、こんな顔してますか？」

と、老人を睨むように、見た。

老人が、笑って、

「美しい女が、真面目になると、自然に、怖い顔になる」

と、いった。

十津川と平松も、同じように、自分たちの顔を描いたという絵を、覗き込んだ。

三人の舞妓が笑ったように、確かに、似ていない絵だった。しかし、似ては、いないのだが、何か、雰囲気を持った、絵だった。

「これが、僕の顔ですか？　ひどく歪《ゆが》んでいるように見えますが？」

と、平松が、いった。

「そうだ。私には、あんたが、こんなふうに見えるんだ。あんたは、確かにいい男だ。優しいし、強いし、人情がある。しかし、そうした立派なところが、あんたを危険な目に、遭わせることになる」

と、老人は、いった。

「それで、こんなふうに歪んでいるんですか？」

「そうだよ。私には、あんたがそう見える」

「じゃあ、私は、人が悪くなればいいんですか？」

と、平松が、きくと、老人は、笑って、

「それもよし、よし」

と、いう。

「今のままでもいいんですか？」

と、平松が、きくと、老人がまた、笑って、

「それもよし、よし」

と、いった。

十津川のほうは、自分の顔を描いたという絵を見て、

「これが、私の顔ですか？　もうちょっと、リラックスした顔に、描いていただけませんかね？　これでは、引きつったみたいです。これから私は、京都で遊びを勉強しようと思っているんですから」

と、いった。

「わしが、八卦見なら、あんたの顔を一目見て、険難の相があり、危険。そういうだろうなあ。しかし、別にわしは八卦見じゃないから、そんなふうには、いわん。ただ、何か、危険な匂いがするんだよ、あんたの顔には。それは、あんた自身に、危険なところがあるのか、それとも、あんたという人間が、危険なものを、この京都に持ってきたのか、それは、わからん」

と、老人は、いった。

「なぜ、私が、危険な雰囲気を、持っているのか、それを是非《ぜひ》、おききしたいのですが」

と、十津川が、老人にいうと、老人は、なぜか急に、

「すまん。やっぱり、酔ってしまった。申し訳ない」

と、いうなり、畳の上に、ゴロリと、横になってしまった。

そのまま、老人が酔っぱらって、寝てしまったので、お茶屋の女将さんが心配して、布団を持ってきて、老人に掛けた。

仕方なく、平松は、十津川と一緒に、先に、帰ることにした。

小万に向かって、平松が、

「送っていこうか？」

と、いうと、小万は、なぜか、

「今日は、ちょっと」

と、いって、それを断った。

小万は、平松と十津川の二人を、送り出してから、二人の芸妓と、三人の舞妓も、先に帰したあと、急に、寝ている後楽老人の枕元で、座り直した。

「先生、起きたはるんどっしゃろ？　タヌキ寝入りと、違いますか？」

と、声をかけた。

老人が、薄目を開けて、小万を見た。

「何だ、何だね、小万ちゃん？」

と、老人が、いう。

「やっぱり、タヌキ寝入りどしたんや」

と、小万が、いった。

「皆が、本当の遊びがどうのこうのと、うるさいものだから、つい、寝たふりをしていた」

と、老人は、いった。

「先生のいった池大雅と、与謝蕪村さんの話どすけど、あれ、うちに対する、当てつけどすか？　うちが、真剣に、平松さんを好きになったら、いかんのどすか？　それは、この花街では、ウソになるんどすか？」

と、きいた。

老人は、急に、むっくりと起きあがった。

「小万といえば、この祇園では、本当の芸妓だといわれている。それは、客扱いがうまくて、本当の遊びを、教えてくれる。つまり、本気と遊びとの微妙な境で、客をもてなす。その達人だと、思われていたのと違うのかね？　そんな小万ちゃんが、ある日突然、一人のお客に、ホレてしまった。それはそれで、いいんだが、わしには、何だか、惜しい気がしてね」

と、老人は、いった。

「それからもう一つ、うちには、心配なことがあるんどす。十津川さんというお客さんのことどすけど」

と、小万が、いった。

「あのお客が、嫌いか？」

と、老人が、きいた。

「いいえ、うちは、あくまでも、芸妓どっさかい、お客さんに、好きも嫌いも、ありまへん。ただ、あの十津川さんというお方が、平松さんを、危険な目に遭わせるのではないか、それが、心配なんどす。先生も、絵を見ながら、いわはったやないですか。十津川さんに、向かって、あんたは、危険な感じがする。そういわはったでしょう？　あれは、本気でいうたんと、違います？」

と、小万が、いった。

小万は、真剣だった。

それが、顔に、表れていた。

「わしは、あのお客のことは、何も知らん。職業も知らんし、どんな性格なのかも、もちろん、わからん。だから、直感でいったんだ。その直感が、当たっているかどうかも、わからん。ただ、わしは、七十過ぎまで生きてきたから、多少は、人間を見ている。その目で見たままをいったんだ。あの男が危険かどうか、それは、わからん。しかし、あの男には、危険な匂いがする。あの男自体が、危険なのか、それとも、あの男が危険なことを、持ってきたのか、そこは、わからん。ただ、今もいったように、危険な匂いを、感じる。だから、そういったまでだよ」

と、老人は、いった。

「うちは、どないしたらいいんどすか？」

と、小万が、不安げな表情で、きいた。

「小万ちゃんは、何も困ることはない。それに、あの十津川というお客だが、確かに、危険な感じはするが、小万ちゃんに対して、危険という感じは、しない。だから、その点は、安心しなさい」

と、老人は、いった。

その日、小万が、自宅マンションに帰ると、また、あの手紙が、郵便受けに投函《とうかん》されていた。ストーカーの手紙だった。

中の便せんを、開いてみると、今夜、お茶屋で、平松やほかの客と一緒に遊んだことが、もう書かれていた。

どうやって調べたのかは、わからない。たぶん、小万のことを、じっと、監視していたのだろう。

いつもなら、腹は立つが、別に怖くはない。こんなことぐらいで、怖がっていたら、祇園で、芸妓は、やっていられない。

だが、今夜は、なぜか、不安になってきた。おそらく、後楽老人にいわれたことが、心の隅に、ひっかかっていたからだろう。

あの十津川というお客が、別に、ストーカーだとは思わないが、何か、不吉なものを感じて仕方がないのだ。なかなか眠れなくて、つい、平松の携帯に、電話をかけてしまった。

「平松ですが」

という声がすると、小万は、急に、恥ずかしくなって、

「すんまへん。うち、番号を、間違えました」

と、いった。

「小万ちゃんだろう？」

と、電話の向こうで、平松が、小さな笑い声を立てた。

「そうどすけど、本当にこんなに遅く、堪忍どす」

と、小万は、いった。

「いいよ。話があるなら、きいてあげる。何でも、話しなさい」

と、平松が、いった。

「別に、話などないんどす。ただ、電話をかけてしもうて、堪忍どっせ」

と、いって、小万は、電話を切った。

居たたまれないほど、恥ずかしかった。後楽老人の言葉が、思い出された。

（池大雅は真《まこと》で、蕪村はウソか）

小万は、池大雅の絵も、蕪村の絵も見たことがない。ただ、この京都では、二人は、有名な画家である。それは、知っていた。

花街では、あるいは、この京都では、本気になってしまうのは、ウソで、遊びは遊びで割り切るのが、真なのか。確かに、芸妓として、小万はそう教えられたし、自分でも、そう思っていた。その気持ちが、揺れてしまっている。

それから、二日して、お座敷がかかったので、小万はタクシーを呼んだ。

二十分もすると、チャイムが鳴って、インターホンから、

「お迎えに、上がりました」

という男の声がした。

小万が、出ていくと、タクシーは、いつもの四つ葉のマークの入った車だったが、運転手は、いつもの人とは、違っていた。

「いつもの、運転手はんは？」

と、きくと、運転手は、

「彼、今日は、病気でしてね。小万さんのことは、いわれておりました。必ず、四つ葉のマークの車で行けって。だから、この通り、四つ葉のマークの車で、お迎えに上がりまし

た」

と、運転手は、律義に、いった。

「そう、病気どすか」

と、いいながら、小万は、タクシーに乗り込んだ。

タクシーは、いつものように、夜の祇園へ走っていく。八坂を過ぎたところで、急に車が停《と》まって、運転手が、

「ちょっとおききしたいことが、あるんですけど」

と、いって、顔を近づけてきた。

「何どす？」

と、小万が、無警戒に顔を近づけると、ふいに、強烈な臭いのするハンカチを、顔に押しつけられた。

顔を振って、振りほどこうとしたが、運転手は、そのハンカチを、小万の顔につけたま ま、押してくる。気が遠くなって、小万は、そのまま、気を失ってしまった。

何時間眠っていたのかは、わからない。

気がつくと、小万は、薄暗い部屋に、寝かされていた。手足を縛られているので、身動きができない。

目を開けて、天井を見た。和室の部屋らしい。しかし、そこがどこなのか、見当もつかなかった。

あの運転手に、薬を嗅《か》がされて、気を失い、ここに、連れ込まれてしまったらしい。

最初に感じたのは、怖さよりも、腹立たしさだった。

なぜ、こんなことを、するんだろうか？　あの運転手を、殴ってやりたい。

小万が、最初に考えたのは、最近やたらに、妙な手紙を送ってきたり、電話をかけてきたりしていた、ストーカーのことだった。あのストーカーが、タクシーの運転手に化けて、自分をここに、さらってきたのだろうか？

急に、襖が開いて、明るい明かりが薄暗い部屋に、差し込んできた。部屋に入ってきたのは、二人の男だった。

一人は、運転手に化けていた男である。もう一人の男のほうは、三十代ぐらいに、見えたが、初めて見る顔だった。

片方の男が、縛られた小万を、抱くようにして起こしてくれた。二人は小万の前にあぐらをかいて座ると、

「確かに、いい女だ」

と、一人が、いった。

もう一人の男が、

「いい女だけに、惜しいな」

と、いった。

小万は、そんな二人の男を、睨んで、

「うちをどうするつもりどす？」

と、きいた。

「今は、あんたを、大事に扱えといわれている。のどが渇いたら、何か、持ってきてやるぞ。何か、飲みたいものは、ないか？」

と、一人が、きいた。

「うちを、大事にしろって、誰がいうてんのどす？」

と、小万が、きいた。

「怖い人とだけ、いっておこうか。あの人のことは、知らないほうが、あんただって、いいだろう」

と、男が、いった。

「本当に、何もほしい物はないのか？　持ってきてやるぞ」

と、もう一人が、いった。

「それなら、この縄を解いておくれやす」

と、小万が、いった。

「それだけは、ダメなんだ。あんたをしばらくの間、ここに閉じ込めておくのが、われわれの仕事だからな」

と、男が、いった。

「うちをどうするつもりどす？」

と、小万が、きく。

「だから、いっただろう。しばらくの間、ここに閉じ込めておく。今のところは、それだけだ。後のことは、また連絡が来る」

と、男の一人が、いった。

「命令したのは、十津川さんというお方どすか？」

「誰だい、その十津川というのは？」

と、男が、きく。本当に知らない眼つきだった。

どうやら、あの十津川という男は、この誘拐には、関係していないらしい。とすると、誰が、自分を、こんなところに、監禁したのだろうか？

「うちは、祇園の芸妓どす。でも、お金は、あらしまへんえ」

と、小万が、いった。

ひょっとすると、金目当ての誘拐かもしれない、そう思ったからだ。

二人の男は、急に笑い出して、

「金が欲しかったら、芸妓なんか誘拐しないで、銀行強盗をするさ」

と、一人が、いい、もう一人が、ニヤニヤ笑った。

急に、一人の男の携帯が、鳴った。

男は、立ち上がって、それを受けてから、

「ええ、女は、ちゃんと、ここにおります。これからどうします？」

と、話している。丁寧な口調だった。

「そうですか、わかりました。その通り、やりましょう」

と、男は、一人でうなずき、携帯をしまうと、今度は、小さな、ボイスレコーダーを取り出した。

「お前さんも、助かりたいだろう？」

と、その男が、きいた。

小万が黙っていると、

「このボイスレコーダーに、助けてくれといって、叫ぶんだ」

と、いって、ボイスレコーダーを、小万の前に突きつけた。

「いいか。私は、小万です。助けてください。というんだ。いや、これじゃあ、標準語でおかしいか」

と、一人で、自問自答するようにいってから、

「そうだ、こういうんだ。小万どす。お願いですから、助けておくれやす。それを何回も繰り返すんだ」

と、男が、いった。

それでも、小万が黙っていると、

「ひょっとすると、それをきいて、助けてくれる男が、いるかも知れんぞ」

と、いった。

「うち、そんなこと、できまへん」

と、小万が、いうと、

「困ったな。それを吹き込まないと、あの人が、お前さんを、殺すといっているんだ。あの人は、殺すといったら、殺すからな。それが嫌なら、いわれた通りにいうんだ」

と、男が、いった。

「うちは、死ぬのんなんか、怖いことおへん」

と、小万が、負けずに、いい返した。

もう一人の男が、

「この女は、死ぬことなんて、怖がっていないんだ。そんな、脅かし方じゃダメだよ」

「どうすればいいんだ？」

と、もう一人の男が、きく。

「裸にひんむいて、この女を、レイプする。それを、写真に撮って、この女の好きな男に、送りつけてやればいいんだ」

と、片方の男が、いった。

その言葉で、小万は、急に、平松のことを思い出し、どっと涙があふれてきた。

この男たちは、平松のことを、知っているのだろうか？

「あれあれ、小万ともあろうものが、泣き出した」

と、一人が、いった。

「どうやら、裸にされて、レイプされる写真を撮られて、それを、好きな男に、送られるのは嫌らしい。嫌なら、今いったことを、このボイスレコーダーに、吹き込むんだ。思い切り、叫べ！」

と、もう一人が怒鳴った。

「絶対に、嫌どす」

と、小万が、首を横に振った。

（死んでも、そんな、助けを求めるようなことを、叫ぶものか）

と、小万は、思ったのである。そんなみっともないことは出来ない。

二人の男は、また顔を見合わせてから、今度は、自分たちのほうから、誰かに携帯で電話をかけた。

「そうなんですよ。女がいうことを、きかんのです。ええ、わかりました。それでも、構いませんか？」

と、男がいうと、今度は、携帯で、縛られている小万の写真を、何枚か撮った。

「このほうが、悲鳴をきかせるよりいいかも知れないな」

と、男は、満足したようにいい、部屋を出ていった。

もう一人の男は、

「ここから逃げられると思うな。隣りの部屋にいるからな」

と、いって、彼も、部屋を出ていった。

その頃、平松は、お茶屋に来ていた。

十津川という男が、先日のお礼に、今度は、自分が、平松をお茶屋に招待して、小万も呼びたいと、いったのである。

それで、十津川の待つお茶屋に、来たのだが、ほかの芸妓と、舞妓の小鈴は、来ているのだが、小万の姿は、なかった。

十津川は、女将《おかみ》さんに向かって、

「小万ちゃんも、呼んでくれているんでしょうね？」

と、きいた。

女将さんは、

「ええ、もう、とうに、連絡してありますよ。それにしても、何してはるんどっしゃろ?」

と、いい、もう一度、小万の携帯に、電話をかけた。

その後で、女将さんは、

「おかしおすなあ」

と、十津川と平松に向かって、いった。

「小万ちゃん、何度呼んでも、出やはらへん」

と、いった。

平松は、それほど、心配していないようだったが、十津川のほうは、

「私に、責任がありますから」

と、いって、女将さんに、

「小万ちゃんは、いつも、どこのタクシーを呼んで、ここに来るんですか?」

と、きいた。

そのタクシー会社の名前をきくと、十津川は、そこに電話をかけて、

「祇園の小万ちゃんを、今夜迎えに行った運転手さんがいたら、代わって、欲しいんだが」

と、いうと、営業所のほうでは、

「それが、まだ帰ってきていません。それどころか、その運転手の乗っていた車に、さっ

きから、電話をかけているんですが、全然出ないんですよ。それで、心配になっているんですが」

と、いった。

「つまり、連絡が、取れないということですね」

十津川の表情が変わった。

「少し、様子がおかしいですよ。小万ちゃんを迎えに行ったタクシーに、何かあったらしい」

と、十津川は、いい、電話を切ると、平松に向かって、

「事故かな？」

と、いった。

「いや、それとは違うような、感じがする。交通事故ならば、もう営業所のほうに、連絡が入っているはずですからね」

と、平松が、いう。

「彼女に、何かあったということですか？」

と、十津川が、いった。

十津川は、府警本部の木下警部に、電話をかけて、

と、平松が、いった。彼の表情も険しくなってくる。

「あなたも知っている、芸妓の小万ちゃんなんですが、彼女の身に、何か起こったらしいんですよ。ひょっとすると、誘拐かも知れません。何とか、調べてください」

「誘拐？　それは、本当なんですか？」

と、木下警部が、きく。

「証拠はありませんが、そんな感じがするんです。彼女を迎えに行ったタクシーが、行方不明になっていますからね。タクシーごと、誘拐されたのかも、知れません」

と、十津川は、いった。

平松は、それを聞いて、立ち上がっていた。

「これから、小万の家に行ってみます」

と、平松が、いった。

「私も一緒に、行きますよ」

と、十津川も、いう。

二人は、お茶屋を飛び出すと、通りかかったタクシーを止めて、それに、飛び乗った。

小万のマンションに急ぐ。

部屋には、小万はいなかった。その代わりのように、テーブルの上には、何通もの手紙が置かれていた。

その一つを手に取って、中身を読んでから、

「最近、こんな手紙がよく来ると、小万がいっていました。いわゆるストーカーですよ。今夜の事件も、ストーカーがやったんですかね？」

と、平松が、いった。

十津川は、素早く、問題の手紙に、目を通してから、

「私のカンでは、違うような気がする」

と、いった。

「どうして、違うと、思うんですか？」

「ストーカーは、もっと直接的に、迫ってきますよ。わざわざ、小万ちゃんの乗ったタクシーごと、誘拐するなんて、そんな、面倒なことは、やりません」

と、十津川は、いった。

「じゃあ、誰が、小万を、誘拐したというんですか？」

平松が、きいた。

「それは、私には、わかりません。何しろ、私は、この京都に来たばかりですからね。しかし、危険な感じがする。二日前に、あの後楽老人がいった通りですよ」

と、十津川は、いった。

「しかし、誰が？」

「わかりませんが、彼女を誘拐したということが、引っかかりますね。もし、彼女が欲し

ければ、普通のストーカーのように、彼女を待ち伏せしていて、脅かして、想《おも》いを遂げようとするでしょう。小万ちゃんは、大金を、持っていますか？」

と、十津川が、きいた。

「確かに、彼女、売れっ子ですが、金離れがいいんで、有名なんですよ。ですから、そんなにお金は、持っていないと思います」

と、平松は、いった。

「それなら、どうして、誘拐したんだろう？　誘拐する意味が、ない。彼女が欲しいのならば、わざわざ誘拐などしないでしょう。何か、目的があって、誘拐したことになる。ひょっとすると、その目的は、あなたかも、知れないですね」

と、十津川は、いった。

「僕が目的で、小万を、誘拐したというんですか？」

「そんな感じがしてきましたよ」

と、十津川が、いった。

「しかし、なぜ、僕を？」

「あなたは、東京の、一流アパレルメーカーの息子だし、財産もある」

と、十津川は、いった。

「それなら、僕を誘拐したら、いいじゃないですか？　僕を誘拐して、オヤジに、身代金

んだと思いますね」

「確かに、その通りですが、しかし、私は、あなたが目的で、小万ちゃんが、誘拐されたを要求したらいいんだ」

と、平松は、いった。

「確かに、その通りですが、しかし、私は、あなたが目的で、小万ちゃんが、誘拐されたんだと思いますね」

と、十津川は、いった。

「しかし、誰が、そんなことを？」

「今いったように、あなたが目的だとすると、あなたが、京都に来てから知り合った人間の一人のような気がする。その人たちの名前を教えてくれませんか」

と、十津川は、いった。

「しかし、十津川さん、僕が京都に来て会った人たちは、みんな、いい人たちなんですよ。僕に親切だし、遊びも教えてくれた」

「いい人間でも、金のために、変身することがありますからね。とにかく、あなたが京都に来てから知り合った人を、あげてみてください」

と、十津川は、繰り返した。

それでも、まだ、平松は、迷いの表情で、

「僕は、会う人が、全部好きになってしまうのでね。悪い人間は、考えられない」

「あなたが、いい人なのはわかりますが、それでは困るんです」

「最初に会ったのは、小万で、それから、ＡＫクラブのママがいる。あそこのホステスの何人かとも、知り合いましたよ。それから、五条実篤という、得体の知れない人間とも、知り合いになりました。京都の怪物だそうです。それに、先日、一緒に遊んだ後楽先生。あとは、そうだ、葛西弁護士。その葛西弁護士が、殺されたんですが、それと、今回のことが、関係あるでしょうか？」

　と、平松が、きく。

「その弁護士さんのことはきいていますが、あなたとは、どういう関係なんですか？」

　と、十津川が、きいた。

「僕に、本当の遊びを、教えてあげるといっていたんですよ。それから、ＡＫクラブでも、一緒だったし、五条実篤という得体の知れない人間も、紹介してくれました」

　と、平松は、いった。

「それかも知れないな」

　と、十津川は、いった。

「それって、何ですか？」

「その葛西弁護士は、あなたに、いろいろな人を紹介してくれたんでしょう？　ＡＫクラブのママさんにも、五条実篤という京都の怪物にも、紹介してくれたんでしょう？　つまり、あなたと、そういう人たちの橋渡しをしていたんだ。それで、殺されたのかも、知れないですね」

と、十津川が、いった。

「よくわかりませんが」

「私にも、わかりません。しかし、私のカンがそういうんですよ」

と、十津川が、いった。その十津川を、平松はじっと見つめていたが、

「今は、何とかして、小万ちゃんを、助けなければならない。それに全力を尽くそうじゃありませんか」

と、十津川が、いった。

「全力を尽くすといっても、どこを探していいのか、わかりません」

と、平松が、いった。

「まず、あなたのマンションに、行きましょう」

と、十津川が、いった。

「小万が、僕のマンションに、いるというんですか？」

「そうじゃありませんが、小万ちゃんを誘拐した目的が、もし、あなただとすれば、犯人は、あなたに連絡を取ってきているはずです。だから、あなたのマンションに、帰ってみるんです」

と、十津川が、いった。

今度は、府警のパトカーに、来てもらって、平松のマンションに、急いだ。

部屋に入ると、ドアの郵便受けに、写真が三枚、投函されていた。

その写真には、縛られた小万が、写っている。十津川は、それを覗き込んで、

「やっぱり、小万ちゃんを誘拐した目的は、あなたなんですよ」

と、平松に、いった。

「それは、この写真でわかりましたが、わからないのは、どうして、直接、僕を誘拐しようとしなかったのかということです。僕はいつも、護衛なんか、連れて歩いているわけじゃないし、それに、お茶屋で遊べば、酔っぱらって、帰ってくるんですからね。何で、小万を誘拐するなんて、面倒くさいことを、したんでしょう？」

と、平松が、いった。

「あなたが、強いからかも、知れない」

と、十津川が、いった。

「僕が、強いですか？」

「木下警部にききましたよ。あなたは、異常に、力が強くて、乱暴しようとした男を、何人もやっつけたそうじゃありませんか？　それで、あなたを、直接誘拐するのは、面倒なので、あなたの弱みである、小万ちゃんを誘拐したのかも、知れません」

と、十津川は、いった。

「これから、どうなるんでしょうか？　このままじっとしている間に、小万が、殺されてしまったら、大変なことになる」

と、平松が、いった。

「小万ちゃんは、大丈夫ですよ。小万ちゃんを誘拐した本当の目的が、あなたにあるんだとすれば、小万ちゃんを、殺すはずはない。きっと、しばらくしたら、向こうから、電話がかかってくるでしょう」

しかし、なかなか、平松に、電話は、かかってこなかった。

そのうち、十津川の携帯の方に、府警本部の木下警部から、電話がかかってきた。

「問題のタクシーを、発見しました。タクシーは、渡月橋近くの河川敷に、乗り捨ててありました。中で、運転手が、クロロホルムを嗅がされて、失神して、倒れていました。その運転手は、病院に運ばれています」

「それで、小万ちゃんを誘拐した犯人について、何か、手掛かりのようなものは、見つかりましたか？」

「現在、タクシーの車内を調べていますが、まったく、手掛かりが、ありません。運転手が、さっき病院で、気がついたので、きいたのですが、〈いきなりやられたので、犯人の顔も見ていない〉、そういっているんです」

第八章　救　出

十津川が、携帯を切ると、部屋の電話が鳴り、平松が、受話器を、取った。

「平松さんだね？」

と、男が、きいた。

「ああ、そうだ」

「そこに帰っているなら、俺たちが送った写真は見たはずだ」

と、男が、いった。

「ああ、見たよ。こういうことをするヤツは、嫌いだ」

と、平松は、素っ気なく、いった。

「好き嫌いなんかは、どうでもいい。あんたは、小万を助けたいんだろ？」

と、男が、きく。

「ああ、助けたいね」

「それなら、俺たちのいうことをきくんだ。いいか、この電話を切ったらすぐ、そのマンションを出て、一人で、タクシーに乗れ」

「行き先は？」

と、平松が、きいた。

「それは、こちらから知らせる。だから、携帯を持っていけ」

と、男は、いい、それで、電話を切ってしまった。

平松は、受話器を置くと、そばにいる十津川に、向かって、

「これからタクシーを拾って出かけます。小万を助けなくてはならないので」

と、落ち着いた声で、いった。

「行き先は、わかっているのですか？」

「わかりません。相手は、僕の携帯の番号を知っているらしくて、携帯を持ってタクシーに乗れと、いっています。たぶん、タクシーの中で、次の指示を出すんでしょう」

と、平松が、いった。

「一人で大丈夫ですか？」

と、心配そうに、十津川が、きく。

「わかりませんが、向こうは、一人で来いと、いっているんです。まあ、何とか、なるで

しょう」

と、平松は、平然とした口調で、いった。

「府警本部のほうに、連絡しましょうか？」

「いや、それは、しないでください。電話の様子では、犯人は、こちらを、監視している
ようですから」

と、平松が、いった。

「なるほど。それなら一応、平松さんの思うようにしてください。何かあったら、携帯に、
連絡してください」

と、十津川が、いった。

平松は一人で、マンションを出た。大通りに出ると、タクシーが、続いて走ってくる。

彼は、手を上げて、その一台を止めると、乗り込んだ。

「どちらへ？」

と、運転手が、きく。

「ちょっと待ってください」

と、平松が、いった時、彼の携帯が鳴った。

「これから、一条戻り橋に、行ってもらう」

と、男の声が、いった。

「そのあとは、どうするんだ？」

「まず、そこまで行けばいい。一条戻り橋まで行ったら、橋の上に立っていろ。タクシーは、帰すんだ」

と、男の声が、命令した。

平松は、携帯をポケットに入れると、運転手に向かって、

「一条戻り橋に行ってください」

と、いった。

小万の、安全を考え、十津川へは、連絡をしなかった。

すでに、夜の十時を過ぎていて、周辺は、店も閉まり、暗かった。

平松は、タクシーを降りると、車を帰し、堀川にかかる橋の上まで歩いていった。

名前は有名だが、長さ十メートル余りの小さな橋である。昔は、この戻り橋の辺りは、鬼の住むところだった。平安時代、都の人々は、この橋を異界との境だと考え、橋の先を行くのは、危険だと思って、ここから戻っていったと、平松は、きいたことがある。
五、六分して、反対方向から、車がやってきた。黒っぽい国産の乗用車だった。
運転しているのは、五分刈りの若い男である。

平松の前に、車を停めると、その男が、窓を開けて、

「乗れ」

と、いった。

平松は、ドアを開けて、リアシートに、腰を下ろした。

運転手は、車をUターンさせ、来た方向に向かって、走り出した。

運転していた若い男は、バックミラーの中の平松を、見ていたが、急に、怖い顔になって、

「何がおかしいんだ？　ニヤニヤ笑いやがって」

と、いった。

「ちょっと思い出したことがあってね」

と、平松は、いった。

「何を思い出したんだ？」

「今いたところは、一条戻り橋だ。僕が、京都の人に、きいたところでは、あの橋のこちら側は、昔は、鬼の住むところだった、そうきいている。そこから、あんたが来たんで、つい笑ってしまったんだよ。申し訳ない」

と、平松が、いった。

「今度笑ったら、殺すぞ！」

と、男は、すごんだ。

車が、どこをどう走ったのか、まだ京都にそれほど詳しくない平松には、わからない。

車は、一軒の家の中に入っていった。車庫のシャッターが開いていて、平松の乗った車が、中に入ると、シャッターが、自然に閉まっていった。

その代わりのように、車庫の中に明かりがついて、

「ここだ、降りろ！」

と、男が、いった。

「ここに、小万がいるのか？」

と、平松が、きいた。

「余計なことは、しゃべるな！」

と、男が、叱《しか》るように、いい、奥から、もう一人の男が、出てきた。こちらのほうが、背も高く、屈強な体つきをしている。

その男は、手に持ったロープで、

「小万に会わせる前に、あんたを、縛らせてもらう」

と、いった。

「ずいぶん、用心がいいんだな」

と、平松が、苦笑した。

「しばらく黙っていろ」

と、その男が、いい、ロープで、平松を縛り始めた。後ろ手に、きっちりと縛っていく。

その途中で、手を止めて、

「何がおかしいんだ？」

と、平松に、きいた。

車を運転してきた男が、その男に向かって、

「この野郎、気味が悪いんだ。車の中でも、ニヤニヤ笑っていやがった」

と、いった。

「悪い、悪い。別に、あんたたちを、バカにして笑ったんじゃない」

と、平松が、いった。

「じゃあ、何で、笑ったんだ？」

と、ロープの男が、いった。

「ずいぶん大げさだと、思ったからだよ。僕は、小万さえ、返してもらえればいいんだ。別に、ここで、あんたたちと、ケンカをしようというんじゃない。だから、縛る必要なんてないのに、なぜ縛るのか、わからなくてね。だから、笑った。申し訳ない」

と、平松が、いった。

「おかしくなければ、笑うな」

と、男は、怒ったように、いい、それから、

「二階に上がれ」

と、いって、平松の身体を、後ろから押した。

二階には、八畳ほどの和室が並んでいる。その一つの、襖を開けると、そこに、縛られた小万がいた。

平松は、微笑して、

「無事だったんだな。よかった」

と、いった。

小万は、平松を見て、危うく泣き出しそうになったが、それでも、負けず嫌いが、顔に出て、

「平松さん、何で、こんなところに、いやはるんどす？　うちのことなんか、放っとかはったらええのに」

と、いってしまった。

「そう怒りなさんな。小万ちゃんは、僕の大事な遊びの先生だ。その先生が、死んでしまったんでは、遊びの勉強が、できなくなるじゃないか」

「あんたら」

と、小万は、二人の男に向かって、いった。

「うちの大事な平松さんに、何かあったら、うちが、許さしまへん」

と、タンカを切った。

二人の男が、ニヤニヤ笑い出した。

その片方が、からかうように、

「さすが、祇園のお姐さんだ。大したもんだ。しかし、ここじゃあ、何もできないんじゃないのか？」

と、いった。

平松は、小万のそばにあぐらを組むと、二人の男に向かって、

「君たちの望みは、何なんだ？　金なら、すぐにでも、払ってあげるよ。何かの役に立つかと思って、五百万ばかり、現金を、持ってきたんだ。僕たちを、解放してくれるんなら、その五百万をあげてもいい」

と、いった。

小柄なほうが、少し、目の色を変えた。

「その五百万って、どこにあるんだ？」

と、いって、近づいてくると、縛られている平松の、上着のポケットを、探した。

しかし、出てきたのは、携帯電話だけだった。

「五百万なんて、どこにもないじゃないか」

と、男が、怒ったように、きいた。

「五百万は、持ってきてあるんだ。しかし、ここにはない。どうだ、今、僕がいった条件

で折り合わないか？　そうすれば、君たちだって、警察の厄介にならずに済むんじゃないか？　君たちがやったことは、警察には黙っていてやるから」

　と、平松が、いった。

「まず、五百万がどこにあるのかを、教えろ」

　と、小柄な男が、いう。

　大柄なほうが、

「そんな与太話に、乗せられるな！」

　と、男を叱りつけてから、突然ポケットから、拳銃を取り出した。

　その銃口を、平松に向けて、

「これが何か、わかるな？」

　と、きいた。

「たぶん、トカレフじゃないか」

　と、平松が、いった。

「感心だ。一応は、知っているんだ」

「撃ったことがある」

　と、平松が、いった。

「撃ったことがある？　デタラメいうな。金持ちのボンボンが、どうして、トカレフを、撃ったことがあるんだ?」

「アメリカに行った時、向こうで撃った」

と、平松は、微笑しながら、いった。

「それなら、この拳銃の威力は、知っているな? 一発で、人が一人死ぬんだ。楽に、お前さんたちを、殺すことができる」

と、男が、脅かすように、いった。

「確かに、威力はあるが、同時に、あまり、命中しないという欠陥がある」

と、平松が、平気な顔で、いった。

「うちは、どうするつもりどす?」

小万が、青い顔で、二人に、きいた。

トカレフを持った男のほうが、

「さあ、どうするかな。楽しみだよ」

と、いい、自分の携帯を、取り出して、どこかへかけて、

「ええ、私です。今、ここに、小万と一緒に平松という男も、来ています。縛り上げていますから、抵抗は、しないでしょう」

と、男が、いった。

「それで、どうしますか?」

と、男が、きく。

電話の相手の声は、平松にも、小万にも、きこえてこない。しかし、男の丁寧な口調から、相手は、彼にとって、リーダーか、何かなのだろう。

「小倉という男が、来るんですか？　ああ、例のストーカーですか。それで、どのくらい待ったら、こちらに着きますか？」

と、男が、きいた。

小万の表情が、険しくなった。ストーカーときいたからである。

このところ頻繁に、自分に、いやらしい手紙を送ってくる男だろうか？

「それでは、その男が、来るのを待っています」

と、トカレフの男は、いい、携帯を切った。

「もう一人、男が来るのか？」

と、平松が、二人に、きいた。

「ああ、もうすぐ、やって来る。そいつはね、小万に、惚れているんだ。世にいうストーカーだが、ストーカーにしてみれば、必死だよ。小万が、いうことをきかないのは、あんたのせいだと、思っている」

と、トカレフの男は、平松を睨むように、見た。

「それで、これからどうなるんだ？」

と、平松が、きいた。

「そのストーカーと呼ばれている男が来て、これから、日頃《ひごろ》の想いを、遂げるんだよ」

「うちは、そんなこと、許さしまへん」

と、小万が、いった。

「許さないといわれても、あの男は、ここで、あんたを、モノにする。あんたにしてみれば、恋人の前で、犯されるんだから、死にたくなるかも知れんが、それもこれも、因縁みたいなものでね。俺たちは、そのストーカーさんの味方なんだ。悪く思わないでくれ」

と、男が、いった。

「その後は、どうなるんだ？」

と、平松が、きいた。

「どうなるのか、俺たちは、知らん。これから来る男が、ひょっとすると、あんたを殺すかも知れん。あんたさえいなければ、小万という、そのお姐さんを、モノにできると思っているからな。だから、どんなことをするか、わからんぞ」

と、男は、脅かすように、いった。

「どうも、困った人たちだなあ」

と、平松が、ため息をついた。

「まもなく、その怖いお兄さんが、着くぞ」

と、また、男が、脅かした。

襖が開いて、もう一人、男が入ってきた。三十二、三歳の男で、背が高く、痩せている。目にケンがあった。

「ストーカーさんか？」

と、トカレフの男が、声をかけた。

相手は、露骨に、嫌な顔をして、

「俺はただ、そこにいる小万に惚れているだけだ。女に惚れて悪いか？」

と、尖《とが》った口調で、いった。

トカレフの男は、

「まあ、いい。そこにいる小万は、あんたの思うように、すればいい。ここにいる平松という男だが、どうするね？」

と、後から入ってきた男に、きいた。

「そいつが、小万が、惚れている男なのか？」

「そうらしい。俺たちは、あんたの味方だから、あんたが、この男を、殺せといえば、殺してやるぞ」

と、トカレフの男が、いった。

「まず、目障りだから、そいつを、この部屋から、出してくれ。そして、俺と小万の二人だけに、してくれ」

と、男が、いった。

小万は、青白い顔で、

「うちは、死んでも、あんたらの、いう通りには、ならしまへん！」

と、大きな声で、叫んだ。

「死んでもというのは、あまり、いい言葉じゃないな」

平松が、縛られたまま、呑気に、いった。

「お前、立て！」

と、トカレフの男が、銃口を、平松に向けて、命令した。

平松は、のっそりと、立ち上がって、

「どうも、こういう雰囲気は、よくないな」

と、他人事《ひとごと》のように、いった。

「何が、よくないんだ？」

と、相手が、怒ったように、いう。

「さっきも、いったじゃないか。金が欲しければ、五百万、今払ってあげる。それで、大人しく、僕と小万を、帰しなさい。そうすれば、誰も、傷つかずに済む」

トカレフの男は、イライラした感じで、

「どうも、お前さんは、自分の置かれた立場というものが、わかっていないようだな。あんたは、ヘタをすれば殺されるんだ。そんな奴が、どうして、俺たちに、命令するんだ」

「命令は、していませんよ。何とか、穏やかに、平和に収めたいんだ。僕は、万一のことを考えて、五百万の金を持ってきた。その金は、ここで車を降りる時、車の後部座席に、置いてきた。だから、君たち三人は、僕たちの縄を解いて、その金を持って、退散しなさい。そうすれば、僕も警察には、いわない。それで万事、丸く、収まるじゃないか」

と、平松は、いった。

「それなら、お前さんたちを、始末してから、ゆっくりと、五百万円を持って、ズラかるさ」

と、トカレフを持った男が、笑った。

三人目の男は、

「早く、そいつを連れ出してくれ。俺は、この小万を抱きたいんだ」

と、いった。

「よし、俺と一緒に来い！」

と、トカレフの男が、平松に、いった。

「困ったな。どうしても、ダメか」

と、平松は、いう。

「ダメだ。一緒に来るんだ。早くしろ！」

「そうなると、お互いに、困ったことになるんだが」

と、平松は、いい、急に、唸《うな》り声を上げた。身体中に力が張《みなぎ》り、縛っていたロープが、弾けるようにして、プツンと切れた。

それを見て、三人の男たちの間に、激しい戦慄《せんりつ》が走った。

「小万、伏せていろ！」

と、平松が、怒鳴った。

小万は、縛られた身体に、反動をつけて、畳の上に寝転がった。

それを見てから、平松は、三人の男に向かって、

「このケンカは、君たちが、仕掛けたんだ。それは、わかっているな」

と、いった。

「これが、怖くないのか？」

と、トカレフの男が、銃口を、平松に向ける。

平松がニヤッと笑い、

「そいつは、威力はあるが、命中率が悪い。それもわかっている」

というなり、突然、横に飛んだ。

相手が、あわてて、銃口を、横に振る。途端にまた、平松は、反対側に、飛んだ。

「こっちだ!」

と、平松が、叫ぶ。

狼狽《ろうばい》した男は、闇雲に、銃の引き金を引いた。激しい銃声。しかし、当たらない。

平松は、手に持ったロープの切れ端を、その男の顔に、向かって、投げた。男は、それを避けながら、もう一発撃ったが、これも外れた。弾丸は壁に当たり、漆喰《しっくい》が弾け飛んだ。

平松は、男の胸倉に、飛び込んで、トカレフを持った、右手を、押さえつけた。

途端に、男が、その痛さに、悲鳴を上げた。

ポロリと、トカレフが、畳の上に落ちた。

「だから、いったじゃないか。トカレフは、狙いがうまくいかないんだ」

そういいながら、平松は、男の身体を抱えあげると、思いっきり、投げ飛ばした。

男の八十キロを超す巨体が、宙を飛んで、襖にぶつかり、音を立てて、襖が倒れる。

平松は、それには、目もくれず、次に、ストーカー男に向かって、

「ストーカーというのは、よくないな。そんなことは、止めて、誠心誠意、女に尽くしなさい」

と、いった。

「この野郎!」

と、いいながら、男は、無謀にも、平松に、つかみかかってきた。

平松は、避けようともせず、相手に右手をつかませておいてから、思いっきり、腕を振り回した。

その反動で、ストーカー男は、吹き飛んだ。

その、あまりの力の強さに、運転してきた男は、真っ青になって、立ちすくんだ。

「君は、どうする？」

と、平松が、その男に、いった。

「化け物だ！」

と、男が、声を震わせた。

「君には、あとで、車を運転してもらうからな。大人しく、そこを動きなさんな」

と、平松は、いってから、畳に横たわっている小万を、抱き起こし、縄を解いてやった。

小万は、ホッとすると同時に、急に、気が弱くなって、

「堪忍しとくれやす。うちのせいで、こんなことになって」

と、泣き出した。

そんな小万を、ひょいと、抱きかかえると、畳の上に落ちていた、自分の携帯をポケットに入れ、まだ震えている三人目の男に、向かって、

「これから、僕たちを、車で送ってもらうよ」

と、いった。

ストーカー男は、まだ、呻き声を上げている。

トカレフの男は、襖を破り、その先の壁に、身体を打ちつけて、気絶していた。

そんな二人の男には、見向きもせず、平松は、小万を、抱きかかえたまま、男を、先に立てて、階段を降りていった。

　地下の車庫に着き、車に乗る。

三人目の男が、運転席に、座った。

「どこまで行けばいいんです？」

　と、男が、小声できいた。

「僕のマンションは、知っているんじゃないのか？」

　と、平松は、きいた。

「そこまで行くんですか？　勘弁してくださいよ。もし、これが知られたら、俺は、殺される」

　と、男が、いった。

「しかし、君は、僕たちを、殺そうと思っていたんじゃないのか？」

　と、平松が、いった。

　その言葉で、相手は、黙ってしまった。

「とにかく、僕のマンションに、送ってもらう。それとも、一緒に、警察に行くか？」

「わかりましたよ。あんたのマンションまで送りますよ」

と、男は、ふて腐れたように、いった。

車が、一条戻り橋を越えると、途端に、二台のパトカーが、現れて、こちらの車を、前後で挟み込んだ。仕方なく、運転手が、車を止めた。

二台のパトカーから、刑事たちが飛び出してくる。京都府警の木下警部と、あの十津川の顔もあった。

木下が、車内を覗き込んで、

「無事ですか？」

と、声をかけた。

平松が、ニッコリして、

「別に何ともありませんよ」

と、いった。

「この男は？」

と、運転席の男に、木下警部が、目をやった。

「彼は、これから、僕を、自宅マンションまで、運んでくれることになっているんです」

と、平松が、いった。

「小万ちゃんは、大丈夫ですか？」

と、十津川が、きく。

その小万は、平松に抱かれたまま、彼の首に、手を回して、目を閉じている。

「眠っているのかな？」

と、平松が、つぶやいた。

「じゃあ、このまま、あなたのマンションに、行きましょう」

と、木下が、いった。

平松の乗った車は、二台のパトカーに、前後を挟まれながら、六角堂近くの平松のマンションに、向かった。

マンションに着くと、平松は、何はともあれ、ベッドに、小万を寝かしつけた。

その後、隣の部屋で、平松は、木下と十津川の二人に向かい合った。

「どうしてます？　小万ちゃんは」

と、十津川が、きいた。

「疲れたらしく、眠っています。さっきは、寝たふりを、しているようでしたけどね」

と、平松が、笑った。

「あなたが連れて行かれた場所とか、相手が何人いたかとか、それから、向こうの様子とかを、ききたいんですが」

と、木下が、いった。

「僕としては、あまり、大げさにしたくないんですよ」

と、平松が、いった。

「しかし、これは、誘拐事件ですからね。あなたがそうはいっても、警察としては、本格的に捜査せざるを得ないんですよ」

と、木下が、いった。

「それは、わかりますが、どうも僕には、今日の事件が、何か、もっと大きな事件の、前哨戦のような気がして、仕方がない」

と、平松が、いった。

「それは、どうしてですか?」

「その前に、コーヒーでも、いれましょう。そのほうが、落ち着いて話せますから」

と、平松は、いい、キッチンに立っていって、コーヒーポットを、持ってきた。

アルコールランプに、火をつけて、コーヒーを、いれ始めた。

十津川は、感心したように、

「本格的ですね」

と、いう。

「アメリカに滞在した時、向こうで習ったんですよ。別に、インスタントコーヒーが、嫌いというわけではありませんが、この方が、コクがあって、おいしい、コーヒーがはいる」

と、平松が、いった。

「それで、何があったんですか？」

と、待ちきれずに、木下が、促した。

平松は、コーヒーができるのを、じっと待ちながら、

「今もいったように、今日の事件は、何かの、始まりのような気がするんですよ。向こうには三人の男がいましてね、ストーカーだという男が、〈二人だけにしてくれ、小万を抱きたい〉と、いいました」

「ストーカーですか？」

「どこか、おかしいと思いませんか？」

と、平松が、いった。

「何が、ですか？」

と、十津川が、きく。

平松は、コーヒーをカップ三つに注ぎ込んで、二つを十津川と木下の前に置いてから、

「おかしいでしょう？　仲間から、ストーカーと呼ばれるなんて」

「確かに、それはおかしいですが、ストーカーだから、小万を抱きたい、あなたが、邪魔だといったんでしょう？」

「そうですが、どうしても、僕には、あれは、作られた、ストーカーのような、気がしたんですよ」

と、平松は、いった。

「しかし、小万ちゃんも、いっていたじゃないですか、最近、ストーカーらしい男が現れて、変な手紙や、電話を、寄越すんだと」

「ええ、それは、知っています。しかし、何だか、それも、作られたような、気がしまして」

「それで、向こうで、何があったんですか？」

と、木下が、きいた。

「男の一人が、トカレフを、持っていましてね」

「それは、本物の拳銃でした？」

「本物でしたね。二発撃ちましたよ」

と、平松は、他人事みたいに、いった。

「それでよく、無事でいられましたね？」

と、十津川が、きくと、平松は、ニッコリして、

「僕は、アメリカに行った時、トカレフを、撃ったことがありましてね。殺傷力はあるが、反動が強いので、なかなか、当たらないんです。それを知っていたから、別に、怖くはな

かったですね」

と、いった。

「それで、その三人の男は、どうしたんですか？」

「二人は、投げ飛ばしたら、簡単に、気絶してしまいましてね。もう一人の男に、運転させて、帰ってきたんですよ。あの男は、どうなりましたか？」

と、今度は、平松のほうが、きいた。

「彼は、連行しました。あの男から、いろいろと聞き出せると期待しています」

と、木下が、いった。

「あの男は、あんまり、知らないと思いますね」

「どうして、そう思うんですか？」

「三人、男がいて、トカレフの男が、いちばん、偉そうにしていました。しかし、その男でさえ、どこかへ、電話をかけて、指示を受けているんです」

「指示を受けていた？　それは、本当ですか？」

「本当です。だから、あの三人の男の上には、リーダーが、いるんですよ。そのリーダーが、何者かわからないと、この事件の本当の姿は、はっきりしません。だから、今は、あまり騒ぎ立てたくないんですよ」

と、平松は、いい、自分のいれたコーヒーをうまそうに、飲んだ。

「なるほどね。その三人の上に、リーダーがいるんですか」

と、十津川は、感心したように、いっている。

そんな十津川の顔を見ながら、平松は、

「十津川さんは、何か知っているんじゃありませんか？　実行犯三人の上に、リーダーがいる。そういう状況を、十津川さんは、想像していたんじゃないですか？　ですから、僕たちが、簡単には殺されない、そう思っていたんじゃないですか？」

と、きいた。

十津川は、当惑の表情に、なって、

「それは、あなたの買い被りですよ。私は、あなたと、一緒に、本当の遊びを、習いたいだけですよ」

「それは、本心ですか？　それとも、半分は、僕のボディーガードですか？」

「いや、本気で、遊びを、習いたいと思っています。そのために、お金も、用意してきたんです」

と、十津川は、笑った。

二時間ほどして、先に帰った木下警部が、十津川に電話をかけてきた。

「二つご報告します」

と、木下が、いった。

「一つは、例の車を運転していた男ですが、名前は、小林功、二十歳、暴走族上がりのチンピラです」

「それで、彼は、何か、いいましたか？」

と、十津川が、きいた。

「それが、〈俺は、金で雇われて、車を運転しただけだ〉というんですよ。どうやら、ウソはないようですね。それから、あの車は、盗難車でした。これから、自分も、彼らのいた家に行って、捜索してみます」

と、木下は、いった。

それから、さらに一時間ほどして、また、木下警部から、電話があった。

「今、問題の家に、いるんですが、この家は、不動産屋が管理していて、目下、借主を探している空家です。犯人たちは、それを知っていて、黙って、この家を、使っていたんだと思われます。もちろん、われわれが着いた時は、誰もいませんでした。今、鑑識が家の中の指紋を、採取しています」

と、府警の木下警部は、いったあと、

「それで、平松さんと小万さんの二人から、いろいろと、話をききたいのですが？」

と、いう。

「私が、きいておきますよ」

と、十津川は、いった。

小万は、まだ眠っている。よほど、疲れているのだろう。

十津川と平松は、小万をそのままにして、話を続けた。

「トカレフを持った男が、リーダーだといわれましたね？」

と、確認するように、十津川が、きいた。

「あそこにいた、三人の中ではね」

「その男が、どこかに、電話をして、指示を仰いでいた。相手の声は、きこえましたか？」

「いや、まったく、きこえませんでしたね。ただ、トカレフの男の、丁寧な口調から、電話の相手が、リーダーだと思ったんですよ。丁寧な口調の上に、何か、恐れているような感じがした。よほど、相手が、怖いんじゃないですかね」

と、平松が、いった。

「どんな指示を、受けていたか、わかりますか？」

「トカレフの男が、〈これからどうしますか？〉ときくと、何かいったらしいんですよ。そして、その後、〈ストーカー男が、こちらに、来るんですか、わかりました〉そういっていましたね。それから、しばらくして、さっきいった、ストーカー男が、来たんですよ」

と、平松が、いった。

「そのストーカー男も、何か、作られたストーカーのようだった、平松さんは、そう思われたのですね？」

「あくまでも、僕の勝手な、推測ですから、本当のところは、わかりません。しかし、あの男は、いかにも、ストーカーらしく、ふるまっていましたね。だから逆に、僕は、これは、違うと思ったんです」

「その三人は、京都の人間だと思いますか？　あなたが、車を運転させた男は、小林功という京都のチンピラで、暴走族上がりということがわかりましたが、他の二人は、どうでしょう？」

と、十津川が、きいた。

「困ったな。僕は、男の京都弁というのは、よく、わからないんですよ。だから、他の二人の男が、京都の人間かどうかは、正直いって、わかりませんね」

と、平松が、いった。

慎重ないい方だった。

「トカレフを、持っていたというと、暴力団の関係者かな？」

「いや、それは、わかりませんよ。今は、素人でも、簡単に、拳銃を、手に入れられる時代ですから」

と、平松が、いった。

午前三時近くなって、京都府警の木下警部が、戻って来た。

「遅くにすいません。どうしても、あなたに、おききしたいことが、ありましてね」

と、木下が、平松に向かって、いった。

「構いません。割と、夜にはタフなほうだから」

と、平松が、いった。

「それで、小万さんは、どうしています？」

「まだ、眠っているようです。とにかく、疲れているんですよ。だから、起こさないほうがいいな」

と、平松が、いった。

「それでは、監禁されていた時のことは、後できくことにして、他にも、犯人たちのことを、話してください」

と、木下が、いった。

それに、十津川が、口を挟んで、

「私があのあと、平松さんからきいたことを、話しますよ」

と、いって、彼が話したことを、要約して、木下に伝えた。

「あなたは、今度の事件は、何かの始まりで、もっと大きな、事件が、起こりそうな気がする、そういわれましたが？」

と、木下が、きいた。

「確かに、そういいましたが、それは、僕の勝手な想像で、当たっているかどうかは、わかりません」

と、平松は、謙遜《けんそん》して、いった。

「そう思う理由を、きかせてくれませんか？」

「僕が、この京都に来てから、いろいろなことが、起きているんです。都をどりの時、人が一人、死にました。その後で、こちらで知り合った、葛西という弁護士さんが、殺されました。そして、今度は、誘拐事件でしょう。何か、この一連の事件が、繫《つな》がっているような気がするんですよ」

と、平松は、いった。

「十津川さんは、どう思われますか？」

と、木下が、きいた。

「実は、私も、同感なんです。ただ、その実態が、よくわからない。事件は連続していると思うが背後にいる人間が、よくわからないんですよ。何しろ、私は、東京の人間で、京都には、詳しくないので」

と、十津川は、いった。

「小林功は、何も知らないようです」

と、木下は、いってから、

「それにしても、あのチンピラは、あなたに対して、やたらに脅えていますよ。暴走族上がりのチンピラというのは、強がりを、いうものですが、その男が、あなたのことを、怖がっている。何でも、〈あれは、化け物じゃないか〉そういっていましたがね」

と、平松に向かって、いった。

平松は、苦笑して、

「そういわれるのが、いちばん、嫌なんですがね。困ったな」

「大変な力持ちだと、いっていましたが、例えば、何とかいう、有名な相撲取りは、片手で、リンゴをにぎり潰してしまうそうですが、あなたも、それが、できるんですか？」

と、木下が、きいた。十津川も知りたいというと、

「学生の頃、アメリカに遠征をしましてね。そこで、向こうの力自慢の選手と、力比べをしたことがありました」

と、平松は遠慮がちに、いった。

「どんな力比べです？」

「それが、今いわれたリンゴですよ。大きなリンゴが、出てきましたね。確か、あれは、ニューヨークでの試合だったから、向こうは、ビッグアップルの、つもりだったんでしょ

うね。それが潰せるかどうか、やりました」

「それで、どうなったんですか?」

と、興味深げに、木下が、きいた。

「結果は、引き分けでした」

と、平松は、笑った。

「つまり、むこうも、あなたも、片手でリンゴをにぎり潰したんですか?」

「さあ、どうでしたかね。とにかく、まあ、どちらも、いいところだろうと、いうことになって、乾杯しました」

と、平松は、いった。

奥で、小万が、起きた気配がした。平松が入っていくと、小万は、ベッドの上に起き上がって、指先で、髪の毛をといていた。

「もう大丈夫か?」

と、平松が、きいた。

「うち、どのくらい寝てました?」

と、小万が、きく。

「そうだな、四時間くらいだったかな。よく寝ていたから、起こさなかったんだ。今、刑事さんが、来ているけど、どうする? 会うのが嫌なら、そのまま、寝ていなさい」

と、平松が、いった。

「うち、起きます。その前に、ちょっと、顔を直したいさかい、十五分ほど、待ってておくれやす」

と、小万が、いった。

二十分くらいして、小万が出てきた。乱れていた襟元を直し、きちんと、髪も櫛《くし》で、直している。

しかし、それでも、いつもの小万とは、少し、違う感じだった。

それを見た木下が、

「こういう小万さんも、ちょっと崩れた感じで、なかなかいい」

と、お世辞をいった。

小万は、テーブルに、並んでいるコーヒーポットとカップを見て、

「うちにも、コーヒーをおくれやす」

と、平松に、いった。

平松が、新しくコーヒーを入れて、それを小万に、勧めた。

小万は、ブラックで、一口飲んでから、刑事二人の顔を見て、

「何でも、きいとおくれやす」

と、いった。それでも、木下は、遠慮がちに、

「今から質問してもいいかな？　もし、疲れているのなら、出直してくるけど」

と、きいた。

「うちは、構いまへん。どうぞ、きいとおくれやす」

と、小万が、はっきりした口調で、いった。

「じゃあ、きくけど、小万さんを、連れて行った男、あの運転していた男なんだけど、どう思った？」

と、木下が、きいた。

小万は、笑って、

「典型的な、京都のチンピラどす。あまり、怖いことおへんどした」

と、いった。

「もう一人の男のほうは、どうです？」

「あのピストルを、持っていた男どすか？　あれは、本当に、怖かった」

「もう一人、ストーカーだと言った男は、どうですか？」

と、木下が、きいた。

「うちに最近、手紙や電話が、たくさん、来ていたんどす。その人と、違いますか？」

と、小万のほうが、きいた。

「たぶん、そうだと思いますが、本当に、あなたの、ストーカーだと、思いましたか？」

「うち、それは、わかりまへん。でも、あの人、自分から、ストーカーやというたはりました。ストーカーって、そういうことを、いうもんどすか？」

と、小万が、いう。

「だから、平松さんは、あれは、本当の、ストーカーじゃないんじゃないかと、いっていますがね」

と、十津川が、いった。

「そうどすか、うちも何か、変やなと思いました」

と、いって、小万が、また、笑った。

「監禁されている間、何か、気になったことがありましたか？」

と、十津川が、きいた。

「そうどすね。うちが、どうするつもりかときいたら、ピストルの男の人が、もうすぐ、指示が来るんだと、いってはりました。ですから、あの三人のほかに、上のほうに、リーダーがいて、その人の命令で、動いてはったんと、違いますか？」

と、小万が、いった。

どうやら、その点で、平松の意見とも、一致している。何も知らないという小林功というチンピラも、トカレフを、振り回していた男も、自称、小万の、ストーカーを名乗った男も、誰かの指示で、動いているらしい。

その相手を、彼らが、怖がっていたということも、わかってきた。よほど、地位か、力か、金のある、男なのだろう。

「これからの問題ですが、どうしたらいいと思われますか？」

と、木下警部が、平松と小万そして十津川に、きいた。

「マスコミに発表して、いいもんでしょうかね？」

「うちは、どうでも」

と、小万が、いった。

「僕は、できれば、何もしないで欲しい」

と、いったのは、平松だった。

「どうしてですか？　あんな、危険な目に遭っても、それを、内緒にしておきたいのですか？」

「今もいったように、本当のことを、知りたいからです。それに、僕は、この京都に、遊びの勉強に来て、まだそんなに、時間が経っていないです。オヤジとは、一年間の約束で、来ていますからね。何とかして、一年間遊びたい。今、マスコミが、騒ぎ立てると、本当の遊びが、できなくなりますから」

と、平松が、いった。

「十津川さんは、どう思われますか？」

「できれば、私も、平松さんと同じで、この事件は、しばらく、マスコミには、発表しないでおいてもらいたいと思いますね」

「どうしてです？　誘拐事件が、起きているのに、それを、黙っていることが、できますか？」

「黙っていることによって、得体の知れないリーダーに対して、無言の圧力を、かけられると、思うからですよ。マスコミに発表してしまうと、その人間は、あとの二人を、消してしまうかも、知れません。口をふさぐためにです。そうなると、謎が解けなくなってしまう。ですから、しばらくの間、内密にしておいて、欲しいんですよ」

と、十津川は、いった。

木下は、しばらく考えていたが、

「わかりました。マスコミには、発表しないでおきましょう。しかし、発表はしませんが、捜査は、しますよ」

と、木下警部は、釘を刺すように、いった。

誘拐事件の件は、新聞には出なかったし、テレビでも、報道されなかった。

小万は、表面的には、いつものように、電話が来ると、喜んで、お茶屋に行って、客をもてなした。平松のほうは、お茶屋や、ＡＫクラブに、遊びに行ったり、後楽先生と会ったりしている。

すべて、何事もなかったかのように、進行しているのだ。最初は、何か、ぎこちなかったが、お茶屋では、時々、十津川も、一緒になって遊んだ。

半月もすると、落ち着いて、芸妓や舞妓と、遊ぶようになった。

チンピラの小林功は、二日間留置された後、釈放された。

ただ、タクシー運転手の口だけは、ふさぐことが、できなくて、彼の災難だけは、新聞に、載った。

運転手の証言は、こうである。

「営業所からの指示で、お客さんを迎えに行こうとしたところ、車の前に、男が立ちふさがって、いきなり殴られ、その後は、何も、覚えていない。気がついたら、車と一緒に、鴨川の河原に、放置されていた。警察に事情をきかれたが、何が何だかわからない。どうしてこうなったのかもわからず、犯人の目的もわかりません」

と、いった。

それだけの記事だった。

しかも、平松たちも、警察も、誘拐事件を公表していないので、このタクシー運転手の災難は、わけのわからない事件ということで、片付けられてしまった。

しかし、こういう話は、京都では、あまり不思議には、思われない。たぶん、京都という千年の都自体が、不思議な街だからだろう。

時間が経ち、京都は、蒸し暑い梅雨の季節を迎えたが、あれから関連する事件は、まったく起きなかった。

犯人たちは、息を潜めているのだろうか？　それとも、また、何か、新しい企みを持って、その準備をしているのだろうか？

歌舞練場で毒殺された事件は、まだ犯人が、挙がっていないし、葛西弁護士を、殺した犯人も、まだ、見つかっていなかった。

まず、二つの事件の動機が、わからないのである。

なぜ、観光に来ていた女性を、一人だけ毒殺したのか、その理由が、わからない。

葛西弁護士のことも、同じだった。彼が死んで、得をする、または、殺したいほど、恨んでいる人間が、見つからない。

平松も小万も、あれから誘拐事件については、何もしゃべらない。かえって、一緒に遊ぶ十津川のほうが、

「どうも不思議でしょうがありません」

と、平松に、いった。

「何がですか？」

と、平松が、とぼけて、きく。

「このお茶屋もそうですが、京都自体、まるで事件のことなど、何もなかったかのように、

毎日が過ぎていく。それが、不思議で仕方ないんですよ」

　と、十津川は、いった。

「京都は不思議な街ですか？」

　と、平松が、微笑して、きく。

　十津川は、肯いて、

「まあ、誘拐事件については、当事者のあなたや、小万ちゃんが、黙っているのだから、仕方ありませんが、葛西弁護士や、例の歌舞練場での事件について、もう忘れてしまったのでしょうか、京都の市民は」

　と、いった。

「どうでしょう。僕自身、京都の人間ではないので、はっきりは、わかりませんが、今まで、京都で、暮らしてきて、わかったことが、一つあるんですよ。京都の人間は、全てを、ちゃんと知っているんです。覚えているし、いろいろと考えている。しかし、それを、口には出さない。表立って口に出さないのが、礼儀だと思っている。あるいは、それが、京都人だと、思っているのではないか。そんな気がして仕方がないんですよ。僕は、オヤジから、一年間遊びを、勉強してこいといわれて、ここに来ました。だから、わりと、金遣いが、荒い。京都では、目立ちます」

「じゃあ、あなたは、ここでは、有名人じゃありませんか」

と、十津川が、いった。

平松は、苦笑して、

「かも知れませんがね。しかし、面と向かって僕に、そういう人は、いません。買い物に行っても、普通に、応対してくれますよ。だから、こちらのことを知らないのかもと思うと、そうじゃないんです。ちゃんと知っている。知っていても、知らない振りをする。それが、京都人ですよ。だから、僕も、それに少し、慣れてきましてね。あなたが何者かは、知っているが、それを口に出しては、いわない。いわないほうが礼儀だと、思っていますから」

と、いった。

「確かに、私のことを、何もききませんね。私がどうして、京都に、わざわざ来たのか、あなたは、一度も、きいたことがない。といって、私のいってる事を、信じているわけでもない」

と、十津川は、いった。

「きいたほうが、いいんですか？」

と、平松が、からかうように、きいた。

十津川は、あわてて、

「いや、黙っていてくださったほうが、楽でいいですよ」

と、いった。

その夜は、お茶屋に、後から、後楽先生がやって来たが、この老人も、誘拐事件のことは、知っているのか、知らないのかは、わからないが、いつものように、楽しく遊んでいて、何もいわなかった。

その夜、十津川が、ずっと泊まっている旅館に帰ると、女将さんが、

「お客さんが、見えていますよ」

と、教えてくれた。

部屋に上がっていくと、そこには、部下の亀井刑事が、いた。

「どうです？　京都の遊び心地は？」

と、からかうように、亀井が、いった。

「そうだな、遊び疲れたね。毎日のように、平松さんに誘われて、お茶屋に行っている。楽しいが、あまり毎日だと、さすがに疲れるね。どうも、これでは、本当の遊びにはならないな」

と、十津川は、笑って、いってから、

「カメさんに、お茶を出そう」

と、十津川は、自分で、ポットを取り出した。

「何しろ、この旅館は、京都府警の木下警部に紹介してもらったところでね。安くしても

らっているのだが、その代わり、何事もセルフサービスなんだ」

と、十津川は、笑った。

「私も手伝いますよ」

と、亀井も、いった。

お茶が入り、土産に、亀井が買ってきた、東京の草加せんべいが、出されて、それを食べながら、話し合うことになった。

「京都は、暑いですね」

と、亀井が、いった。

「まもなく、床《ゆか》が出るんだ。その後、しばらくすると、本格的な夏が来て、祇園祭が始まる」

と、十津川は、いった。

「床というと、例の、川に張り出したお座敷ですか？」

「そうだよ。京都に来て、年がら年中、お祭りを、やっているような気分になっている。都をどりが、終わって、葵祭があって、今度、床が出て、祇園祭になる。いつも、どこかに、観光客が来ているからね。何となく、京都というのは、忙しいんだ」

と、十津川は、いった。

「それで、平松さんが、誰かに、狙われているという心配は、ありますか？　誘拐事件のことは、電話で、おききしましたが」

と、亀井が、あらたまった口調で、いった。

「それが、よくわからないんだ。どうも実態がつかめない。誘拐事件にしても、誘拐されたのは、小万という祇園の芸妓さんでね。美人で、勇ましいので有名な芸妓さんなんだが、この誘拐事件も、あるいは、平松さんをおびき出すための誘拐かも知れない。しかし、今は、それもなぜか、もう終わったことになってしまっている」

と、十津川は、いった。

「平松さん自身は、どう、思っているんでしょうかね？　自分のことを、危険だと、思っているんでしょうか？」

「それが、わからないんだよ。いつもニコニコしていて、相変わらず、自分は一年間、京都で、遊びを、習うんだといっている。それが、嫌味にもきこえないし、平然としているんだよ。本当に、京都に、遊びの修業に来ているんだと思ってしまうんだ」

と、十津川が、いった。

「鈍《にぶ》いんでしょうかね？」

と、亀井が、いう。

「いや、事件の真っ最中、彼は、こんなことをいっているんだ。この誘拐事件は、何かの事件の、前触れじゃないか、そんな気がする、とね。だから、彼自身、何かを、感じているんじゃないかな」

と、十津川は、いった。

「自分が、誰かに、狙われているのを、知っているんでしょうか？」

「それも、よくわからないんだ。どうも茫洋《ぼうよう》としたところのある男でね。自分のことだけ心配しているのなら、あんな風には、していられないんじゃないかなあ」

と、十津川は、いった。

「とすると、小万という、芸妓さんのことを、心配しているんでしょうか？」

と、亀井が、きいた。

「まあ、その心配は、あるんだと、思うよ。だが、それだけとも、違うような気がして仕方がないんだ」

と、十津川は、いった。

「事件の背後にいるのは、いったいどんな奴なんでしょうかね？　京都には、得体の知れない人間がいると、警部は、前に、電話でいっておられましたが、今でも、それを、お感じになりますか？」

と、亀井が、いった。

「私はまだ、京都に来て、間がないから京都の実態は、よく、わからないんだが、何しろ、千年の都だから、そこに、得体の知れない人間がいても、おかしくはない。しかし、得体の知れない人間がいたとしても、京都の人間だからね。それがどうして、東京の人間である、平松さんに、何かする理由が、あるのだろうか？　そこが、わからないんだ」

と、十津川が、いった。

その後で、

「カメさん、今日は、泊まっていくんだろう？」

「そのつもりです。もう、東京に帰る新幹線は、ありませんから」

と、亀井が、笑った。

十津川は、仲居に頼んで、布団を余分に敷いてもらった。並んで布団に、横になったが、亀井のほうは、なかなか、寝付かれないらしい。

「三上部長は、何といっているんだ？　私のことを」

と、十津川が、きいた。

「いえ、何もいっていません。何しろ、あの部長は、政治的に、動く人ですからね。今回の事件については、警部の行動に関して、何もいわないんじゃないでしょうか？」

と、亀井が、笑って、いった。

その夜、深泥池近くのマンションで、火事があった。

五階建ての中古マンションは、激しく燃え、消火までに、一時間以上かかった。

火元と見られる五〇二号室は、完全に燃えてしまったが、焼け跡から、死体が見つかった。

焼死したのは、小林功、二十歳だった。

（下巻へ続く）

この作品はフィクションであり、作中に登場する人物、団体、会社名、場所等は、実在のものと関係ありません。

本書は二〇〇七年一二月に刊行された中公文庫『京都感情案内（上）』の新装・改版です。

中公文庫

京《きょう》都《と》感情案内《かんじょうあんない》（上《じょう》）
——新装版《しんそうばん》

2007年12月20日　初版発行
2022年5月25日　改版発行

著　者　西村京《にしむらきょう》太《た》郎《ろう》

発行者　松田陽三

発行所　中央公論新社
〒100-8152　東京都千代田区大手町1-7-1
電話　販売　03-5299-1730　編集　03-5299-1890
URL https://www.chuko.co.jp/

DTP　ハンズ・ミケ
印　刷　三晃印刷
製　本　小泉製本

Published by CHUOKORON-SHINSHA, INC.
Printed in Japan　ISBN978-4-12-207209-1 C1193

定価はカバーに表示してあります。落丁本・乱丁本はお手数ですが小社販売部宛お送り下さい。送料小社負担にてお取り替えいたします。